La fuite scandaleuse d'une mariée

KALI ANTHONY

La fuite scandaleuse d'une mariée

Traduction française de
BARNABÉ D'ALBES

AZUR

HARLEQUIN

Collection : Azur

Titre original :
REVELATIONS OF HIS RUNAWAY BRIDE

HARPERCOLLINS FRANCE
83-85, boulevard Vincent-Auriol, 75646 PARIS CEDEX 13
Service Lectrices — Tél. : 01 45 82 47 47 - www.harlequin.fr
ISBN 978-2-2804-5159-8 — ISSN 0993-4448

Composé et édité par HarperCollins France. Achevé d'imprimer en mars 2021.
par CPI Black Print - Barcelone - Espagne
Dépôt légal : avril 2021.

FSC www.fsc.org
MIXTE
Papier issu de sources responsables
FSC® C159065

Pour limiter l'empreinte environnementale de ses livres, HarperCollins France s'engage à n'utiliser que du papier fabriqué à partir de bois provenant de forêts gérées durablement et de manière responsable.

1.

Théa tentait de se libérer de la robe de mariée qu'on l'avait contrainte à porter. Dans la pénombre, la manœuvre était malaisée. Le savant laçage du bustier lui donnait l'impression d'être une dinde ficelée avant passage en rôtissoire. Ses doigts tremblants échouaient à venir à bout de tous les nœuds constellant son dos. Plus elle s'échinait contre les rubans, plus elle sentait un poids lui opprimer le cœur, tandis que l'insupportable parfum de son bouquet l'enivrait de ses effluves empoisonnés. Bon sang, elle ne pouvait s'offrir le luxe de la maladresse ! Pas le temps ! Ce soir, il était crucial d'agir vite et bien. Parce que son plan – sa seule échappatoire – ne pouvait pas se solder par un échec.

— Ça ne marchera jamais.

Théa se tourna vers celle qui venait de prononcer cette sentence. Toute vêtue de soie ivoire, coiffée d'une large capeline, la silhouette de sa meilleure amie se découpa dans un coin de l'antichambre.

— On en a déjà parlé cent fois, Elena. Si. Ça va marcher.

Il *fallait* que ça marche.

Il n'y aurait pas de seconde chance. Au-dehors, la foule des invités attendait de la voir apparaître. Son mari aussi. L'homme dont elle était devenue la propriété… Cette pensée la fit frémir. Oh non ! Elle ne comptait pas davantage lui céder son âme que son esprit ou son corps. Ce soir, elle allait s'affranchir de tous ces gens. Devenir libre ! Enfin libre.

— Alors ? Comment tu me trouves ?

Elena passa dans le rai de lumière qui filtrait par le rideau de l'étroite fenêtre. Elle lissa sa robe, qui dansait juste au-dessus de ses genoux. La robe que Théa était censée enfiler maintenant… C'était parfait.

— Je te trouve plus convaincante que moi dans le rôle de la mariée. Personne ne s'apercevra de rien.

Enfin, si, bien sûr, mais il serait trop tard. Elle aurait eu le temps de s'échapper. De l'avis général, Elena et elle avaient l'air de deux sœurs. Ce n'était pas la première fois qu'elles se faisaient passer l'une pour l'autre – elles avaient toujours pris beaucoup de plaisir à ce petit jeu. C'était la seule façon qu'avait Théa de s'offrir une bouffée d'oxygène.

Désormais, toutes les années à planifier son évasion étaient derrière elle. Elle fit quelques pas vers son amie et la serra tendrement contre elle.

— Merci. Pour ça. Pour tout, murmura-t-elle, émue.

Elena hocha la tête et lui sourit en s'essuyant les yeux.

— De rien. Allons, dépêche-toi, nous devons te débarrasser de cette robe. Que tu puisses quitter cet endroit le plus rapidement possible.

Théa se tourna, docile, et sentit les doigts de son amie lutter fiévreusement contre les lacets machiavéliques du bustier.

— On ne peut pas allumer la lumière ? geignit Elena. Je ne vois rien…

— Non. Tu as déjà oublié ce qu'on a dit ? Si quelqu'un entrait, sans lumière, il ne nous distinguerait pas l'une de l'autre. Tu m'inquiètes. Tu sais ce que tu as à faire ensuite, n'est-ce pas ?

— Oui, acquiesça son amie avant de réciter : Raser les murs, garder ma capeline bien enfoncée sur la tête, m'enfouir le visage dans mon mouchoir si quelqu'un m'adresse la parole, pour avoir l'air bouleversée par la joie de vivre le plus beau jour de ma vie. Facile.

Enfin, la robe céda. Hélas ! il y avait aussi le corset, au-dessous, lui aussi lacé. Alors qu'Elena commençait à lutter contre lui, Théa l'arrêta :

— Non, tant pis. Plus le temps.

Elle se précipita sur le sac contenant ses affaires, tout en disant :

— Et tu sais, ça *va* marcher. J'ai parlé à tout le monde de la robe et de la capeline que je voulais porter au moment de quitter la réception. Les gens auront les yeux braqués sur les vêtements, pas sur ton visage.

Les invités ne s'intéresseraient qu'aux signes extérieurs de richesse. Les bijoux tape-à-l'œil et la robe en soie haute couture révélant la fortune de son père… qui se servait de sa fille comme d'une vitrine. Ce soir plus qu'aucun autre, Elena et elle seraient indiscernables : seule la tenue compterait.

— Les gens peut-être, concéda Elena. Mais Christo ?

Les deux syllabes de ce prénom firent frissonner Théa. Christo Callas… son mari.

À la dernière minute, elle avait failli se laisser prendre. Tomber dans le piège. La cérémonie touchait à sa fin, il relevait son voile pour l'embrasser et, bien sûr, arrimait son regard au sien. Théa s'était soudain sentie incapable de dissimuler la violence de ses émotions. La colère, la panique, le ressentiment… Elle s'était rappelée qu'elle était contrainte à ce mariage pour sauver son demi-frère, Alexis. La rage l'étranglait, comme elle fixait l'homme qui l'avait *achetée.* Une lueur étrange brillait dans ses yeux… Comme s'il savait.

Aussi, elle s'était efforcée d'afficher un sourire timide, avant de subir le chaste baiser, symbole de pacotille, qui lui faisait quitter l'identité de Théa Lambros pour celle de Théa Callas. Or, pour son horreur, Christo avait posé sur les siennes des lèvres chaudes, douces, et même tendres… Son baiser était frappé au sceau d'une sorte de compréhension.

Non, non ! s'insurgea-t-elle en se passant furieusement le revers de la main sur la bouche, comme pour effacer la trace de ce contact, laissant l'empreinte de son rouge à lèvres sur sa peau. Le souvenir de cet instant était lui-même intolérable.

— Théa ?

Elle revint à l'instant présent et considéra son amie avec confiance.

— Ne t'inquiète pas. Christo ne s'apercevra de rien, lui non plus.

En dépit de la vague impression qu'elle avait eue durant leur mariage, il ne la comprenait pas. D'ailleurs, il n'avait jamais essayé. Théa lança à Elena le bouquet de mariée qu'elle avait posé sur la console de l'antichambre.

— Il se fiche de moi comme de sa première chemise, enchaîna-t-elle. La seule chose qui l'intéresse dans cette union forcée, c'est ce que ça lui rapporte. Pour les hommes comme lui, une femme vaut n'importe quelle autre.

Elle n'était qu'une marchandise, à ses yeux. De même qu'elle n'avait toujours été qu'une marchandise pour son père, qui lui avait fait clairement comprendre que son mariage faisait partie d'un deal. Un marché d'affaires. Et si elle refusait de se plier à ce chantage, Alexis irait en prison…

La situation tournait enfin à son avantage : Alexis était libre, et elle pouvait fuir, échapper à tous les autres pièges que son père ne manquerait pas de concevoir pour elle. Afin de connaître – enfin – la liberté.

— J'espère que tu as raison, répondit Elena avec prudence.

Le moment était mal choisi pour douter. Théa abandonna l'énorme robe sur le sol. On aurait dit une meringue écrasée. Elle allait un peu souffrir, dans son corset qui l'étouffait, mais elle s'en débarrasserait plus tard, une fois loin d'ici. Après l'avoir dissimulé sous un blouson en cuir, elle sauta prestement dans un jean, puis enfila ses bottes de motarde.

C'était presque l'heure d'y aller.

— Tu es sûre que ça va aller ? s'inquiéta-t-elle en approchant d'Elena pour lui prendre les mains. Je t'en demande beaucoup, n'est-ce pas ?

Elena sourit.

— Tu es comme ma sœur. Qu'est-ce que je ne ferais pas pour toi ? Et je me débrouillerai, ne t'en fais pas. Maintenant, il faut que tu vives ta vie. Tu es restée en cage bien assez longtemps.

La cage du clan Lambros. Oui. Durant la majeure partie de ses vingt-trois années, elle avait cru n'avoir qu'un frère, Demetri – qui ne méritait ce titre que pour l'état civil. Envers elle, il se conduisait comme une brute épaisse. C'était l'homme de main de leur père, ayant choisi Théa pour cible favorite. Naturellement, le sadisme de Demetri laissait leur père indifférent : pourquoi se serait-il soucié de cette petite fille qui ressemblait beaucoup trop à sa mère ? La progéniture de la femme qui avait osé commettre le crime de le quitter ?

Décidément, non, Théa n'avait aucun regret à l'idée

de ne plus jamais voir ni son père ni Demetri. En ce qui concernait Alexis, en revanche…

Tirant son mobile de la poche de son jean, elle consulta anxieusement sa messagerie. Depuis le jour, deux ans auparavant, où Alexis était parvenu à se faire embaucher comme garde du corps à son service, la situation était devenue presque tolérable. Sa présence l'avait nourrie d'espoir. Hélas ! aujourd'hui, il n'avait répondu à aucun des messages qu'elle lui avait adressés.

Elena fronça les sourcils en la voyant ranger son téléphone d'un geste las.

— Toujours rien ? s'enquit-elle.

— Rien, soupira Théa. Tant pis… Ça ira quand même.

L'angoisse montait pourtant en elle. Pourvu qu'il ait pu quitter Athènes ! Une douleur lui vrillait la poitrine. Le quitter ainsi, si vite, c'était cruel. Elle devrait se satisfaire de la pensée qu'il était libre, grâce à son mariage.

Reportant son attention sur son amie, elle demanda :

— Et quand ils auront découvert la supercherie, tu sais ce que tu devras dire ?

Il fallait qu'on la cherche au mauvais endroit. Dans un premier temps au moins. C'était crucial.

— Oui. Que tu as loué une voiture, que tu es partie sur l'île de Karpathos pour te recueillir sur la tombe de ta mère.

Théa avait voulu faire ce voyage avant les noces, et son père s'y était opposé. En dépit de ses efforts acharnés, jamais il n'avait pu arracher du cœur de sa fille le souvenir d'une maman chérie et regrettée.

— Je ne suis pas très fière de me servir d'elle comme fausse piste, mais…

Elena haussa les épaules.

— Arrête. Maria t'aurait donné sa bénédiction sans hésiter. Elle aurait voulu que tu emploies tous les moyens à ta disposition pour te libérer des chaînes de ces hommes. Alors s'il te plaît, pas de scrupule déplacé. Dis-moi plutôt si j'ai bien tenu mon rôle jusqu'à maintenant.

Théa sourit.

— Tu devrais devenir comédienne, affirma-t-elle. Les hommes de Christo me chercheront au sud, après ce que tu leur as raconté.

— Et pendant ce temps, toi, tu entameras ta nouvelle vie, murmura Elena, une note d'émotion dans la voix. Tu ne veux vraiment pas me dire où tu vas ?

— Je préfère que tu ne le saches pas, dans ton propre intérêt, confirma-t-elle.

Théa prit le casque de moto posé sur le siège derrière elle et hésita.

— Par Hadès ! Comment vais-je réussir à caler ce casque sur ma monstrueuse choucroute ?

Chaque mèche de sa chevelure avait été lissée, bouclée ou crantée, puis remontée et épinglée pour former une sorte de chef-d'œuvre de pièce montée. Un vrai gâteau.

— Il me faudrait des heures pour ôter toutes ces épingles, ajouta-t-elle.

— En effet. Approche, je vais juste t'enfoncer le casque là-dessus.

— Nous sommes encore dans les temps ? demanda anxieusement Théa.

Elena consulta sa montre.

— Nous avons été plutôt rapides. Et de toute façon, ils sont trop occupés à vider la cave à ouzo de ton père. Tout le monde croit que tu es en train de te faire belle pour Christo, et ils ne sont pas spécialement pressés de voir les mariés lancer leur au revoir officiel… ce qui les obligera à lâcher leur verre une bonne trentaine de secondes !

Théa sourit. C'était une description assez juste de ce

qui était en train de se passer. La plupart des invités ne savaient même pas qui diable étaient les mariés, il s'agissait de requins de la finance désireux de profiter d'une luxueuse réception de mariage dans un palace privatisé, pour rencontrer des partenaires, conclure de nouveaux marchés et s'enivrer jusqu'à l'aube. Ils étaient là pour le festin, l'alcool : les acteurs pour qui le décor était dressé les laissaient de marbre.

— Je n'oublierai jamais ce que tu as fait pour moi. Dès que je serai en sécurité, je te ferai savoir où je me trouve...

Théa s'efforça d'ignorer le sanglot qui lui nouait la gorge. Il existait si peu de gens qu'elle aimait. Elena et Alexis trônaient dans son panthéon. La perspective de les quitter lui brisait le cœur.

Elena hocha la tête en lui faisant un signe d'adieu de la main.

— J'y compte bien. Souviens-toi qu'un jour, quand nous serons deux vieilles mamies, nous prendrons le café ensemble en riant de cette journée.

Farfouillant dans son sac, elle en sortit une enveloppe qu'elle tendit à Théa.

— Range soigneusement tout ça : passeport, billets, coordonnées bancaires. Tout y est. Allez, file, maintenant ! Et sois heureuse !

Théa hocha la tête, déglutit, et enfouit la main dans sa poche pour caresser sa médaille de saint Christophe. Puis elle enfila ses gants, prit son sac à dos et fila vers la porte qui ouvrait directement sur la contre-allée où elle avait garé sa moto. Une porte toujours fermée à clé, en principe : mais elle avait su convaincre le gardien-chef de la lui ouvrir en lui racontant qu'une livraison surprise pour le marié devait avoir lieu dans la soirée. À peine un mensonge : le marié allait avoir une *très grosse* surprise… le contraire d'une livraison !

— Attends ! glapit soudain Elena derrière elle.

Le cœur battant à coups redoublés, Théa fit volte-face. Seigneur, étaient-elles découvertes ?

Le visage de son amie apparut dans l'entrebâillement de la porte.

— Les bagues, murmura-t-elle.

Bon sang ! comment avait-elle pu oublier ? Sa bague de fiançailles pesait une tonne sur son pauvre annulaire, avec sa barrette de diamants trop clinquants, faits pour être vus et non pour sceller la confiance de deux êtres. L'alliance incrustée de pierres transparentes semblait hurler à la face du monde qu'elle était la chose, la propriété privée de Christo Callas. Ravie de s'en débarrasser, elle les remit à Elena.

Déjà, elle se sentait plus libre.

— Bon, j'y vais. C'est l'heure du grand départ.

— C'est plutôt l'heure de mettre un terme à cette ridicule mascarade.

La voix, grave et menaçante comme le grondement de l'orage, s'éleva derrière les deux jeunes femmes, depuis une alcôve de l'antichambre fermée par un grand rideau.

C'était Christo.

Christo fit quelques pas vers une console, regarda la ravissante lampe posée dessus et l'alluma. La haute tulipe en pâte de verre projeta une lumière douce dans toute l'antichambre. À l'image de tout le palace, loué pour la cérémonie et la réception, la décoration de la pièce était exquise. Murs savamment patinés dans des tons ocres, petit tapis persan sur un parquet vernis, fauteuils en velours sobre, consoles à dessus de marbre… Le lieu idéal pour les préparatifs d'un mariage. Et finalement, un peu moins idéal pour ourdir des machinations et des intrigues, pensa-t-il en relevant la tête vers les deux jeunes femmes qui le fixaient, livides et pétrifiées.

Il avait décidé de les laisser mener leur scène jusqu'au bout – même s'il n'accorderait pas une chance à sa femme de prendre la poudre d'escampette. Un membre de son service de sécurité attendait dans la contre-allée, près de la moto.

Muet de fureur, il tendit la paume en direction de la demoiselle d'honneur. Les bagues. Mlle Drakos tenait d'une main le bouquet de mariée de Théa, de l'autre les bijoux qu'elle fit tomber dans sa paume moite. Bon sang ! ces deux écervelées se rendaient-elles compte qu'elles jouaient avec plusieurs centaines de milliers d'euros ?

Non, naturellement. Glissant les deux anneaux au fond de la poche de son pantalon, il leva un regard sévère sur la demoiselle d'honneur et ordonna :

— Laissez-nous.

À son grand étonnement, la péronnelle releva le menton et répliqua :

— Vous ne pouvez pas m'y contraindre. Je ne bouge pas d'ici.

Christo dissimula son amusement. Quel courage elle manifestait ! Mais on lui avait si souvent répété qu'il pouvait ressembler à un fauve impitoyable, quand il le voulait, qu'il gratifia la malheureuse d'un sourire carnassier.

Puis, il avança d'un pas vers elle, qui fronça alors les sourcils et croisa les bras sur sa poitrine au lieu d'obtempérer. Bon. Puisqu'elle le prenait ainsi, il ne lui restait qu'une chose à faire. Après avoir pressé une touche de son téléphone, il colla l'appareil à son oreille.

— Raul ? J'ai besoin que tu me rejoignes tout de suite. Mlle Drakos a envie de danser.

Il s'occuperait de Théa tout de suite après. Du coin de l'œil, il la voyait, dans un coin de la pièce. Debout, immobile comme une statue de sel. Essayait-elle d'évaluer ses chances de s'évader si elle se précipitait vers la porte ? Probablement. Il avait l'habitude des femmes qui choisissaient la fuite quand la vie n'était pas à la hauteur de leurs attentes. Sa mère avait été une fervente adepte de cette stratégie pourtant fort peu glorieuse…

Enfin, Raul apparut sur le seuil de l'antichambre. C'était le chef de son service de sécurité, son garde du corps attitré – et son témoin. Puisque Elena Drakos était la demoiselle d'honneur, le protocole exigeait qu'ils dansent au moins une fois ensemble. Ce moment n'était pas plus mal choisi qu'un autre, songea-t-il.

— Elena reste, intervint Théa d'une voix chevrotante de rage…

… Ou de peur ? Cela n'avait pas d'importance. Traditionnellement, la mariée était la reine de la journée, mais en l'occurrence elle avait de fait perdu le droit de décider de quoi que ce soit. Pourtant, le son de cette voix lui procurait un curieux frisson. Il préféra l'ignorer et ordonna :

— Elena, vous allez danser avec Raul immédiatement.

Christo était certain qu'elle allait les laisser. Il était rare qu'on ose défier son autorité. Raul tendit galamment la main à la jeune femme qui, non sans répugnance, se décida à lui emboîter le pas, après avoir posé son ridicule couvre-chef dans un fauteuil.

— Désolée, murmura-t-elle à l'intention de la mariée.

Quelle touchante complicité, pensa-t-il, sarcastique, rivant son regard sur Théa.

En tout cas, celle-ci n'avait pas osé bouger. Raide comme la justice, elle levait fièrement le menton. Dans son jean et son blouson de cuir, avec sa fabuleuse coiffure, elle s'affichait tout en contradictions. Une femme complexe, difficile à déchiffrer.

— Depuis combien de temps es-tu ici ? demanda-t-elle d'une voix qui réveilla les frissons en lui.

Une voix glaciale, farouche et… extrêmement sexy.

— Un certain temps.

— Et tu nous as regardées nous déshabiller ?

Il haussa les épaules.

— Il n'y avait pratiquement rien à voir.

Elle était déjà à moitié dévêtue quand il était arrivé. Cependant, il devait admettre que malgré la pénombre il s'était laissé hypnotiser par ses courbes délicates, sa taille souple serrée dans le bustier, l'apparition de son fessier moulé en jean… Oui, il avait eu droit à un spectacle fort intéressant, ce soir.

— « Pratiquement » ? répéta-t-elle d'un ton scandalisé. Eh bien j'ignorais que tu étais un voyeur. Si je l'avais su plus tôt, jamais je n'aurais accepté de t'épouser. Je ne supporte pas le voyeurisme.

Cette tirade le fit s'esclaffer. Il appréciait sa fierté. À sa place, dans ces circonstances, la plupart des gens qu'il connaissait se seraient liquéfiés d'embarras. Pas elle.

— C'est bien la première fois que je suis accusé de voyeurisme ! s'exclama-t-il en riant. Il faut que je pense à ajouter ce nouveau talent à mon curriculum.

Comme elle le fusillait du regard, il en profita pour avancer d'un pas dans sa direction. Elle serrait contre elle son casque, ses gants et une enveloppe blanche.

Christo *voulait* cette enveloppe.

Toutefois, plutôt que de la lui arracher des mains, ainsi qu'il l'aurait fait avec n'importe qui d'autre, il préféra lui permettre de poursuivre un peu son interrogatoire. De toute évidence, elle brûlait de lui poser une nouvelle question. Il le voyait à la façon dont ses lèvres tremblaient.

— Puis-je savoir comment tu as deviné ce qui se tramait ? finit-elle par lâcher d'un trait, de façon un peu trop théâtrale à son goût.

Le timbre de sa voix possédait une sorte de douceur surnaturelle qui le troublait à chaque mot qu'elle prononçait. Il en était profondément irrité.

— Fais attention, Théa, la prévint-il. Je ne suis guère un amateur de mélodrame à deux sous.

Elle redressa brutalement la tête, et une mèche s'évada de son chignon pour danser contre sa tempe.

— Ce n'est pas mon genre, rétorqua-t-elle.

— Ah non ? Tu ne trouves pas que, toi et ton amie, vous avez transformé cette journée en performance d'actrices ?

Il ne découvrait pas qu'elle avait du caractère. Le feu qui l'animait s'était révélé dans toute sa force chaque fois que Christo avait rendu sa visite à son père et que celui-ci la faisait parader au milieu de ses salons… tous plus clinquants les uns que les autres. Comme si sa fille était un trophée. La beauté de la jeune femme possédait quelque chose de sauvage, d'intense : parce que c'était la lumière projetée au-dehors par son intelligence. Et, ainsi qu'il venait d'en obtenir la preuve, par son cran. Oui, Christo savait depuis le début que Théa était une forte personnalité, un esprit indépendant. Pourtant, elle avait tout fait pour le lui dissimuler jusqu'à aujourd'hui.

Jusqu'à l'instant où il avait relevé son voile, et où il avait vu son regard brûler d'une haine pure et absolue.

2.

Car c'était bien de la haine que Christo avait lue dans ses beaux yeux d'un miel ambré, ayant soudain viré au noir d'encre. Le tout premier regard de son épouse l'avait glacé jusqu'au sang. Durant un instant, il avait eu l'impression de se trouver devant une panthère prête à l'attaque… Et soudain, comme par magie, l'expression menaçante de l'animal sauvage avait laissé place à un sourire de jeune fille timide.

Cela n'avait duré qu'une fraction de seconde, mais cet instant s'était gravé en lui et, tout au long de la réception, il avait surveillé du coin de l'œil son étrange épouse. Le petit manège des deux femmes n'avait pas manqué d'attirer toute son attention. Elles faisaient semblant de se croiser, échangeaient quelques mots à voix basse, d'un air grave, puis chacune disparaissait, tour à tour. La première fois que Théa était revenue, Christo avait noté que sa jupe semblait moins gonflée. Et moins encore la fois suivante. Jusqu'au moment où, à peine retenue, elle traînait par terre… Il avait alors prié Raul de se tenir en sentinelle devant la sortie de secours. Car la manœuvre était cousue de fil blanc : si elle tentait de se débarrasser subrepticement de sa robe de mariée, c'était pour fuir.

Il n'avait aucun doute à ce sujet, mais il tenait à assister lui-même à la scène. À prendre sa femme en flagrant délit, pour qu'elle comprenne ensuite pourquoi il ne pourrait *jamais* lui faire confiance.

Elle n'avait pas tardé à se dévoiler.

— Il ne s'agissait pas de performance, aujourd'hui, déclara-t-elle en arrimant son regard au sien. Il s'agissait de ma liberté, et de t'échapper.

Ces derniers mots, particulièrement blessants, l'atteignirent droit au cœur, mais il eut tôt fait de surmonter ce désagrément : il avait l'habitude d'être rejeté. Transparent aux yeux de ses parents, il leur avait simplement servi de punching-ball. Ils n'avaient pas davantage d'amour à lui donner qu'ils n'en avaient l'un pour l'autre, et pourtant il s'agissait de son entourage le plus proche, le plus intime.

Au souvenir de ces années de chagrin insondable, il se raidit. Plus jamais il ne mendierait les miettes de l'affection de quelqu'un. Désormais, il se contentait de faits, de calculs et d'argent. Sa seule et unique récompense pour être né dans cette famille consistait en son héritage : la flotte de plaisance que son grand-père avait fondée, Atlas Shipping.

Christo avança pour dominer Théa de toute la hauteur de son mètre quatre-vingt-cinq. Sa taille lui permettait de ne jamais lever la tête pour regarder quiconque. Il se flattait pourtant de ne jamais profiter de cet avantage. En cet instant, cependant… Il ne put s'empêcher de rouler les épaules. Davantage pour chasser sa nervosité que pour impressionner Théa. Il lui coûtait d'afficher un sourire conciliant après ce qu'elle venait de lui dire. Aussi éprouva-t-il une satisfaction certaine à la voir pâlir.

— Tu veux t'échapper. Bien. Mais tu es toujours à moi, observa-t-il.

D'un geste souple, il lui prit l'enveloppe et la glissa dans la poche intérieure de son smoking. Naturellement, elle n'avait pas anticipé ce mouvement et accusa le coup : ses mains se mirent à trembler. En effet, elle avait commis l'erreur de ranger sagement sa liberté dans cette enveloppe qu'il conserverait jalousement, désormais – et dont il pourrait faire ce que bon lui semblerait.

Devinait-elle qu'il se sentait presque navré pour elle ? Qu'il n'avait pas l'intention, néanmoins, de se laisser troubler par quelque scrupule ? Plus tard – pas ce soir –, il prendrait peut-être le temps de se reprocher ce qu'il était en train de faire.

— Non, attends, le supplia-t-elle d'une voix à peine audible.

Une voix étranglée par l'émotion. Oh non ! elle ne l'émouvrait pas. Il n'avait pas le choix. Bientôt, ils pourraient conclure un marché, mais ce serait selon ses termes à lui, et sans négociation possible.

— Tu n'as tout de même pas cru qu'un scénario aussi infantile allait fonctionner ? lâcha-t-il en secouant la tête avec suffisance. Que je serais assez nigaud pour ne rien voir ? Grâce à cette monstruosité de chapeau ? Quel piteux déguisement.

Désignant l'immense capeline, il se mit à ricaner avec morgue tandis que la jeune femme posait son casque et ses gants. Sans se démonter, elle releva les yeux vers lui, haussa les épaules et répliqua :

— Il aurait servi d'écran de fumée.

Il lui retourna une moue moqueuse.

— Ah ! Illusionniste, c'est ta nouvelle ambition ?

— Il faut croire que c'est ce qu'on attend de moi, répliqua-t-elle sèchement. Que je donne l'illusion d'être une mariée aux joues rosies par la joie, les yeux brillants de larmes. Les gens ne sont pas venus admirer une prisonnière cherchant à s'évader… Mais ils n'ont pas besoin d'illusionniste : ils ne voient que ce qu'ils ont envie de voir.

Elle se trompait sur toute la ligne. Car il avait entendu l'accusation pointer dans cette tirade acide – or, à cet égard, il n'éprouvait aucune culpabilité. D'un geste autoritaire, il saisit le menton de Théa. Sa peau était d'une douceur envoûtante, sur ses doigts. Il vit sa lèvre inférieure trembler, mais elle resta interdite.

— Moi je te vois telle que tu es, Théa. Je vois ta peau diaphane, son hâle aussi subtil qu'un miel de fleurs. Tes yeux immenses qui ont exactement la couleur riche et complexe des grands cognacs. Ta chevelure incroyablement soyeuse, qui tombe d'habitude sur tes épaules comme une cascade de chocolat fondu. Je vois ta démarche fière et gracieuse quand tu te déplaces, je vois la férocité de tes regards. Je vois qui tu essayes de dissimuler : *toi*, Théa. Oui, je te vois.

Il avait prononcé ces mots d'une voix suave, le sourire aux lèvres, et le résultat ne se fit pas attendre : furieuse, elle le foudroya de son regard d'animal traqué refusant de se déclarer vaincu. La passion se lisait sur son visage, dans sa posture, et l'air se chargea d'électricité.

Christo sourit. Il venait de provoquer une étincelle, et il avait envie de déclencher l'incendie. Il saurait pourtant résister à cette tentation. Il n'était pas comme son père, lui. Il refusait de céder à la lâcheté. De se faire mener par le bout du nez pour des mensonges, au nom de l'amour. L'amour était fait pour les imbéciles et les perdants. Christo, lui, ne permettrait pas à une femme de le pousser dans ce piège, mais il était tenté de se servir lui-même de cette arme. La plus dangereuse de toutes. Oui, il était curieux de voir l'effet qu'il pourrait produire sur Théa. Aussi enchaîna-t-il sur le même ton caressant :

— Elena est une jolie brune aux yeux sombres, mais

votre ressemblance s'arrête là. Tu es folle, si tu as pensé qu'elle pourrait être crédible en se faisant passer pour toi…

Sur ce, il la lâcha et fixa les yeux décontenancés de la nouvelle Théa : celle qui savait.

Elle porta lentement la main à son menton afin d'effacer les traces de leur contact. Profitant de sa sidération, il prit son autre main et déposa les deux bagues au creux de sa paume.

Lorsqu'elle se dégagea pour fixer les bijoux, une expression d'horreur se peignit sur ses traits. Christo s'efforça d'ignorer la douleur qui lui nouait l'estomac. Il avait éprouvé la même chose qu'elle, en comprenant qu'il devait se marier. Encore un sale tour que son père lui avait joué, car Christo s'était fait le serment de ne jamais se livrer aux chaînes du mariage… jusqu'à ce que le comportement d'Hector ne l'y pousse. Son père avait contracté des emprunts faramineux auprès de celui de Théa, manquant le versement des intérêts en temps et en heure. Tito Lambros avait accepté d'interrompre la procédure de liquidation à la seule condition que Christo épouse sa fille.

Ils étaient dans le même bateau, elle et lui. Il n'avait pas davantage souhaité cette union. Mais ce sacrifice, si coûteux soit-il, il le faisait, parce qu'il était prêt à tout pour sauver Atlas Shipping. Pour restaurer l'honneur de la société que son grand-père avait créée à la sueur de son front, et que son père avait conduite au seuil de la faillite.

— Je sais que ça aurait fonctionné, répéta-t-elle d'un ton obtus.

— Peut-être. Si tu en avais épousé un autre. Hélas pour toi tu es tombée sur moi.

Il secoua la tête avec lassitude avant de poursuivre :

— Parce que vois-tu, Théa, ton plan n'avait pas une seule chance.

Il désigna la lucarne de la porte, et l'invita à jeter un coup d'œil sur la contre-allée, là où il avait fait poster l'un de ses agents de sécurité.

— Tu n'aurais pas pu t'échapper, insista-t-il. Toutes les issues sont surveillées. Ta moto n'est plus là, elle est garée dans *mon* garage. C'était voué à l'échec dès le départ : il va bien falloir que tu en prennes ton parti.

Les joues blêmes de Théa se mirent à flamber.

— Je ne suis pas une esclave ! Personne ne peut me vendre ou m'acheter. Je ne resterai pas avec toi. Ce mariage est une farce.

À certains égards, il partageait son avis. Pourtant, il se tenait là, face à elle, un anneau d'or à l'annulaire. Il fronça les sourcils en voyant que la jeune femme serrait toujours rageusement ses bijoux dans son poing. Il fallait qu'elle les arbore. Il aurait gagné – au moins pour ce soir.

— Qu'cst-ce que tu es en train de me demander, au juste ? demanda-t-il d'un ton machiavélique. Que je te rende à l'amour et aux bons soins paternels ?

Christo suspectait Tito Lambros de ne pas avoir une goutte de sang humain dans les veines.

Elle agrippa un fauteuil, et ses doigts blanchirent, crispés, sur le velours du dossier.

— Je te demande de me laisser partir, dit-elle.

— Non.

On murmurait beaucoup de choses au sujet de ce Tito. Que c'était un homme tyrannique, cruel. L'amertume et le dégoût coulèrent dans les veines de Christo tel un poison. Que la négligence de son père l'ait livré, lui, aux caprices d'un homme de cette espèce… C'était insupportable. Il lui restait encore beaucoup de choses à apprendre à propos de la famille de Théa et, forcément, dans le flot d'informations, il trouverait bien quelque chose afin de retourner la situation à son avantage. Cette étape viendrait plus tard. Pour l'heure, il devait faire renoncer son épouse à ses projets d'évasion, ce qui signifiait lui rendre un peu d'espoir.

— Tu vas m'accompagner, en tant qu'épouse, et nous aurons une vraie discussion plus tard, en tête à tête, pour aborder le problème. Je te le promets. Mais maintenant, nous allons nous plier à la tradition des adieux.

Le visage indéchiffrable, elle le fixa un long moment. Puis, elle baissa les yeux sur ses vêtements.

— Je ne peux pas me présenter aux invités ainsi, opposa-t-elle.

Il sourit. La coiffure sophistiquée, digne d'une marquise des siècles passés, avec la tenue de motarde…

— Tu es parfaite, déclara-t-il. C'est tout à fait dans ton style : c'est un petit coup de théâtre. Notre départ n'en sera que plus inoubliable.

Elle commençait à reprendre contenance. Elle désigna le couvre-chef et reprit :

— Mais ma capeline… J'en ai parlé à tout le monde. Je ne veux pas décevoir les gens.

Pour toute réponse, il lui décocha un regard sévère et ordonna :

— Tes bagues.

Prenant un air dégoûté, elle les passa à son doigt d'un geste brusque, comme pour lui enfoncer dans le crâne un message pourtant déjà très clair : elle agissait contre sa volonté.

Il sentit monter en lui une nouvelle vague d'admiration pour cette force de caractère. Théa lui plaisait bien davantage quand elle était elle-même.

— Et maintenant, souris, exigea-t-il.

Elle grimaça un affreux sourire fielleux, et il se pencha tout près d'elle pour susurrer :

— Un vrai sourire de jeune épouse éperdument amoureuse, *koukla mou*.

À sa surprise, elle lui renvoya un regard de défi et rétorqua, acide :

— Je sourirai comme tu me le demandes quand tu sauras toi-même prononcer ces mots avec conviction, *mon chéri*.

Cette fois, il se laissa aller et éclata de rire. Il y avait longtemps qu'il ne s'était autorisé à rire spontanément, en toute innocence... Comme lorsqu'il était enfant. Il en était le premier surpris.

Oui, contre toute attente, il prenait un certain plaisir à ce petit jeu avec elle.

3.

Théa se blottit dans un coin, sur la banquette arrière de la limousine – le plus loin possible de son nouveau et fringant mari. Personne n'avait paru accorder d'attention à sa très chic tenue de motarde, au moment où ils quittaient la réception sous les hourras et les vœux de bonheur. De bonheur… Aucun invité ne pouvait savoir que les larmes qui roulaient en silence sur les joues d'Elena n'avaient rien de larmes de joie.

Théa, pour sa part, était incapable de pleurer. Pas maintenant. Elle devait investir toute sa concentration dans un plan B. Plutôt que de se désoler du fiasco de sa première tentative de fuite, elle se forçait à penser à l'avenir. Or, son avenir était contenu dans l'enveloppe blanche rangée dans la poche de Christo.

Comment faire pour la récupérer ?

Non sans répugnance, elle lui adressa un regard de biais. En toute décontraction, il étendait ses longues jambes devant lui. Dans la pénombre de l'habitacle, les contours de son visage étaient éclairés par le halo du téléphone qu'il collait à son oreille. De l'avis général, c'était un homme outrageusement séduisant. Sa mâchoire carrée, son nez droit et son grand front lisse lui offraient le profil d'une statue antique. Son regard avait quelque chose de magnétique, la masculinité de son corps d'athlète coupait le souffle… Une idée lui traversa l'esprit. Pourrait-elle recourir à la vieille ruse de la séduction ? Après tout, cette nuit serait leur nuit de noces. Oui, elle pourrait essayer. Si elle se penchait pour l'embrasser, en glissant une main à l'intérieur de sa veste…

Christo rangea soudain son téléphone dans sa poche, une moue agacée aux lèvres. Théa frémit au souvenir de leur baiser devant l'autel. Puis, rejetant le trouble qui venait de faire grimper sa température, elle songea que son projet était stupide. En admettant qu'elle récupère l'enveloppe ; et après ? Il enverrait encore ses molosses à ses trousses. Elle secoua la tête, et des grains de riz tombèrent sur le siège en cuir.

Non, maintenant qu'elle pouvait plus miser sur la surprise, et qu'il se tenait sur ses gardes… Elle avait besoin de beaucoup mieux qu'un plan B. Il lui fallait un plan en béton.

— Où allons-nous ? s'enquit-elle, comme la limousine démarrait.

— Chez moi.

Stupéfaite par cette réponse, elle se tourna vers lui et le dévisagea longuement, fronçant les sourcils.

— Comment cela ? Pas de voyage de noces ? Quel romantique, ce Christo Callas ! Quelle chance j'ai !

Visiblement piqué par ce sarcasme, il répliqua sèchement :

— Tu voulais du romantisme ? Alors que tu appelles notre mariage une « farce » ? Si tu n'avais pas prononcé cette phrase, sache que nous serions déjà dans mon jet, en route pour une semaine de délices conjugaux sur mon île privée.

Une île privée… Quel caprice caractéristique des millionnaires ! songea-t-elle avec mépris. Quoique son père, en dépit de son goût pour les signes extérieurs de richesse, n'en possédait pas.

— Et tu as été obligé d'annuler à la dernière minute… Quel contretemps fâcheux, ironisa-t-elle encore.

— Pour mon personnel, oui. Et l'annulation du jet est assez irritante, je ne te le cache pas, lâcha-t-il avec mauvaise humeur.

Son agacement gagna Théa.

— Qu'est-ce que tu es en train de me dire ? bougonna-t-elle. Que si j'avais été une gentille fille bien sage, renonçant à sa liberté sans faire d'histoires, j'aurais été récompensée par une promenade à cheval sur une plage de sable blanc ? Quelle attention généreuse ! Tu serais allé jusqu'à déposer un petit chocolat sur mon oreiller ?

Il ne la regardait pas. Il tournait la tête par la vitre et regardait la ville. Les murs d'Athènes renvoyaient leur lumière mordorée sur ses traits, zébrant le relief de son visage. Durant une fraction de seconde, elle resta saisie par la beauté de cette image : la noblesse de ses pommettes, l'harmonie de son profil si semblable à un marbre de Zeus.

— Une île dans l'archipel des Échinades, récapitula-il, un chalet en montage, un yacht amarré à…

Il consulta le calendrier sur son portable et enchaîna :

— À Monaco, et un appartement à New York : toutes ces propriétés, tu aurais pu les visiter en jet. Tout cela entre autres choses, car les moyens de récompenser une « gentille fille bien sage », comme tu dis, sont innombrables.

Théa était née dans la richesse. Peut-être pas au niveau du train de vie qu'il décrivait, mais elle était parfaitement consciente d'appartenir au monde des privilégiés… d'un point de vue strictement financier. Elena et elle avaient beaucoup discuté, quand son père lui avait fait comprendre qu'elle avait le choix entre se marier ou savoir Alexis en prison. Et au cours de leurs discussions, elles avaient évoqué la fortune de Christo Callas…

Pourrait-elle espérer s'enfuir en misant sur son mode de vie ? Elle était mariée à un homme d'affaires qui passerait le plus clair de ses journées à travailler à Athènes ou dans quelque autre métropole, n'est-ce pas ? Comme New York… De nombreuses années auparavant, sa mère lui avait promis qu'elles s'y rendraient ensemble… C'était avant sa mort, quand il y avait de l'espoir. Oui, elle pourrait se plaire à New York. À condition de payer le coût du voyage : son corps.

Oh non ! jamais ! Elle refusait de se vendre. Son père s'était servi d'elle comme d'une vulgaire marchandise, mais elle ne plierait pas.

— Il est hors de question que je me prostitue pour le plaisir de plonger mes orteils dans la mer Égée ou de bronzer sur ton bateau ! s'écria-t-elle avec vigueur.

— Sur mon yacht, précisa-t-il. Tenu par un équipage de quarante personnes. Et c'est l'essence même du mariage : un échange de bons procédés.

Oh oui ! le mariage était une farce cruelle, pensa-t-elle avec irritation. Grâce à ces liens abjects, elle avait vu sa mère devenir une prisonnière, ainsi que d'autres femmes de son entourage. Les épouses des amis de son père, par exemple. Logées dans leur cage dorée, la porte verrouillée à double tour, elles en étaient réduites à mendier l'attention d'hommes arrogants et cupides. Théa s'était promis très jeune de ne jamais tomber dans le panneau. Et de ne permettre ni au luxe ni au rêve de l'aveugler.

— Quel cynisme ! Le jour même de notre mariage, reprit Christo. Tu aurais pu refuser ma demande à n'importe quel moment, jusqu'à ce que nous soyons déclarés mari et femme. Au lieu de cela, tu te rebelles juste après.

— Ta « demande » ? répéta-t-elle, offusquée. Tu ne m'as jamais demandé de t'épouser. Toi et mon père, vous avez négocié dans votre coin les termes de ma servitude. Un beau matin, à mon réveil, j'étais fiancée, et on m'a expédié un écrin contenant une bague. Alors s'il te plaît, cesse de faire comme si cela représentait un quelconque sacrifice de ta part !

— Ne t'imagine pas que tu as la moindre idée au sujet des sacrifices que je consens ! gronda-t-il en guise de réponse.

Il lui tournait toujours le dos, mais au timbre onctueux de sa voix venait de succéder un fracas grêleux et menaçant. Théa frémit, tandis qu'un courant d'air froid lui parcourait la nuque.

— On m'a indiqué que l'arrangement te satisfaisait, ajouta-t-il. Alors quoi ? Tu voulais voir un homme à genoux devant toi, faisant profession d'amour et de vénération éternels ? Il fallait que je chante des sérénades sous ton balcon ? Si j'avais satisfait ces caprices, veux-tu me dire quelle aurait été ta réponse ?

Exaspérée, Théa renversa la tête sur le dossier, tout en tripotant d'un geste machinal la bague de fiançailles et l'alliance qui lui brûlaient le doigt. Lorsqu'elle avait refusé tout net, la première fois que son père avait évoqué le mariage, il avait mis fin aux rares libertés dont elle bénéficiait.

La méthode de persuasion employée par cette brute de Demetri s'était révélée efficace. La double menace de l'isolement complet et de la force physique était une excellente garantie de résultats, même si Théa avait gagné en courage depuis qu'Alexis était entré dans sa vie. Le jour où il était arrivé à la maison, il s'était interposé afin de la protéger chaque fois que c'était nécessaire, et son quotidien en avait été métamorphosé.

Hélas ! son père avait rapidement compris le rôle crucial que tenait Alexis, non seulement en tant que garde du corps, mais aussi comme demi-frère. Il était certain qu'elle ferait n'importe quoi pour le sauver – qu'elle volerait immanquablement au secours de l'enfant de l'amour que sa mère avait conçu avant d'être soumise par les chaînes d'un mariage malheureux.

Fermant les yeux, elle posa les mains en croix sur ses bras, dans un réflexe de protection.

— C'est bien ce que je pensais, lâcha Christo d'un ton suffisant. Tu piques une crise uniquement parce que je n'ai pas joué au prince charmant.

— Tu peux penser ce que tu veux.

— Trop aimable, c'est ce que j'ai l'habitude de faire, en effet.

Théa tourna la tête vers la ville – un monde auquel elle n'avait jamais eu l'autorisation d'appartenir.

— Je m'en fiche, insista-t-elle. L'opinion que tu as de moi m'indiffère.

En elle montait un sentiment de colère contre sa stratégie. Quelle idiote ! Elle aurait dû fuir bien plus tôt. Des années plus tôt, mais… quand Alexis lui avait révélé qui il était, tout avait changé. Il lui avait parlé de la promesse qu'il avait faite à leur mère de toujours la protéger, si elle n'était plus là pour le faire. Alors, elle était restée. Chaque jour devenait un peu moins intolérable que le précédent, grâce à son frère. Elle avait songé à se prémunir d'un futur trop misérable, afin de ne pas se retrouver plongée dans la pauvreté, comme sa mère.

Le destin était intervenu au moment où elle pouvait

enfin prendre son envol… Alexis ayant dû payer pour *sa* faiblesse à elle.

Nerveuse, elle se redressa sur son siège.

— Tu devrais peut-être apprendre à accueillir avec meilleure grâce les étrangers bienveillants, lui conseilla Christo. Crois-moi, ça te simplifierait la vie.

Elle ajusta quelques épingles de sa coiffure pour empêcher une nouvelle mèche de tomber et se donner le temps de maîtriser l'aigreur que ravivait Christo dans sa poitrine, avec son insupportable arrogance.

— Il n'y a pas d'étrangers bienveillants dans ma vie, répondit-elle.

— Quel dommage. Si tu ouvrais ta porte, je pourrais en être un.

Théa s'aperçut soudain que Christo s'était radouci. Il n'y avait plus de mauvaise humeur dans le ton de sa voix.

— J'ai la très nette impression que le rôle que tu as choisi est plutôt celui de l'étranger hostile, observa-t-elle.

— C'est absurde. Je suis connu pour me montrer très affable, quand les circonstances le permettent.

Bon sang ! elle ne jouait pas les bonnes cartes, pensa-t-elle. Au lieu de prendre la mouche à chacune de ses paroles, elle avait intérêt à l'amadouer. Il avait promis qu'ils auraient une discussion.

La limousine s'arrêta devant les grilles d'une propriété qui s'ouvrirent pour la laisser passer. Tandis que le véhicule remontait l'allée en direction de la villa de Christo, Théa posa une main sur la portière.

— Stop ! ordonna Christo d'une voix de stentor.

Terrifiée, elle se figea. Il plongea alors son regard sévère dans le sien pour l'avertir :

— Je vais te faire rencontrer mon personnel. Tu vas me faire le plaisir d'interpréter ton rôle de jeune mariée à la perfection. Ta liberté est sous caution : le paiement commence tout de suite.

Sans attendre que le chauffeur vienne, Christo sortit de la limousine et en fit le tour afin d'ouvrir galamment la portière à sa femme.

Le cœur en berne, Théa regarda la paume tendue vers elle. Large, puissante. Christo avait de belles mains, masculines et délicates à la fois. Elle consentit à lui accorder la sienne pour se lever, faire deux pas et contempler l'architecture de la belle bâtisse athénienne. Dans le parc, les bougainvilliers étaient en fleurs. Avec eux, orangers et figuiers chargeant l'air de leur parfum capiteux.

— Regarde-moi, maintenant, lui ordonna-t-il.

Dès qu'elle se fut exécutée, il fronça les sourcils et protesta :

— Pas comme ça !

— Comme quoi ?

— Comme si j'étais un Cyclope. Tout le monde va nous couver du regard. Je veux qu'ils ne lisent rien d'autre qu'un désir fou sur ton visage. Que tu leurs donnes l'impression de ne penser à rien d'autre qu'au lit dans lequel tu veux m'entraîner immédiatement.

Théa déglutit lentement et balbutia :

— Mais je... À la rigueur, je peux me comporter comme une godiche de jeune mariée qui glousse tout le temps, mais jamais je n'aurai cet air-là !

— Pourquoi pas ? répliqua-t-il, un sourire amusé aux lèvres. Tu as peur de te laisser prendre au jeu ?

— Ça suffit. Allons-y et finissons-en, conclut-elle, non sans l'avoir gratifié d'un regard assassin.

Elle prit une grande inspiration en montant le perron avec lui. Furieuse, elle dut le laisser entrelacer les doigts dans les siens et plaquer sur son visage un sourire publicitaire. Les présentations lui facilitèrent les choses : Théa avait toujours entretenu d'excellentes relations avec le personnel de son père, et après une cérémonie fantoche au milieu de requins de la finance c'était un soulagement de rencontrer des gens qui appartenaient au genre humain. Chaque employé semblait heureux d'accueillir la nouvelle Mme Callas, et Théa prit soin de mémoriser les prénoms des uns et des autres.

Puis ils disparurent, et elle resta en tête à tête avec Christo, dans un décor sobre : des murs blancs ou patinés de couleurs claires, des canapés et des fauteuils aux lignes épurées, un mobilier mettant en valeur les espaces et non leur propriétaire. *Un bon point pour lui*, pensa-t-elle.

— Où sont mes affaires ? Mon sac ? Mon téléphone ?

Elle tenta de lui reprendre sa main, mais il la tint serrée dans la sienne.

— C'est moi qui ai ton mobile. Ton sac se trouvera avec tout ce que tu as fait venir. Les déménageurs sont passés dans la matinée.

Encore un aspect de cette tractation à propos duquel personne ne l'avait consultée. Elle sentit un goût acide dans sa gorge. Elle ne voulait rien de ce qui se trouvait chez Tito. Son projet était de recommencer sa vie – et de faire table rase du passé.

— Quelle efficacité, lâcha-t-elle sèchement. C'était inutile. Je ne compte pas m'attarder ici.

— Tu resteras ici aussi longtemps que j'aurai besoin de toi, répliqua-t-il, bourru.

Sans qu'elle s'en aperçoive, ils étaient passés à l'étage et traversaient de longs couloirs. De toute évidence, ils pénétraient dans un appartement privé.

— C'est un sujet dont nous devons discuter, lui rappela-t-elle.

— Et nous en discuterons, en effet, admit-il. Ici.

Théa haussa les sourcils et lui emboîta le pas, comme il l'invitait à le suivre dans une pièce immense.

— Mais c'est…

— Notre chambre, *koukla mou*, confirma-t-il d'un ton sirupeux.

Durant une fraction de seconde, elle fut estomaquée par son culot. Elle recouvra bien vite ses esprits, lui retira sa main avec vigueur et s'insurgea :

— Tu rêves ! Je ne coucherai pas avec toi !

— Voyons, Théa… C'est notre nuit de noces.

— La nuit de noces d'un mariage arrangé ! Qui n'a rien de réel !

Il prit un air pensif.

— Les mariages arrangés existent depuis des siècles pour les gens comme nous : on rassemble des patrimoines, on conclut des alliances par intérêt, certes… La dimension matérielle ne les rend pas moins « réels ».

Théa sentit son pouls s'accélérer. Il n'était pas sérieux, non, ce n'était pas possible… Il n'espérait tout de même pas qu'elle allait *vraiment* être sa femme ?

4.

Christo n'aurait su dire quelle était la pire vexation que Théa lui infligeait. Il n'appréciait pas du tout qu'elle le considère avec effroi, telle une biche traquée par un chasseur sanguinaire, comme s'il allait la contraindre à consommer leur mariage… Bon sang ! pour qui le prenait-elle ? Pour un monstre ? En même temps, il était tout aussi peu flatteur qu'elle le juge indigne d'être son mari.

Il s'était préparé à une relation tiède, dont le socle serait la camaraderie. Peut-être l'amitié. Un accord tissé d'efforts et de bonne volonté de part et d'autre. Pourtant, soudain, l'absence de passion paraissait inimaginable. Théa l'intriguait, et son cœur battait sur un rythme endiablé grâce à une toute nouvelle source d'énergie.

On lui avait promis, au moment où il avait été obligé d'accepter le marché conclu entre son père et Tito Lambros, une charmante, chaste et docile jeune femme. La chasteté lui était indifférente, et il allait de soi qu'il s'engageait dans ce mariage avec une égale : une personne parfaitement consciente de ce qu'elle faisait, prête à assumer ses choix et ses responsabilités. C'était une telle évidence, dans son esprit, qu'il n'avait pas songé un instant que sa fiancée pourrait être récalcitrante. Capricieuse. Instable.

Il ne reconnaissait pas le portrait que Raul avait brossé d'elle, lorsqu'il l'avait prié de mener discrètement l'enquête.

Car Christo n'était pas né de la dernière pluie : loin de se contenter du discours de Tito, il avait mis son équipe à la tâche pour savoir qui était réellement Théa Lambros.

Hum ! Il allait falloir qu'il prie son chef de la sécurité de lui expliquer comment il avait conduit son investigation.

— C'est une théorie intéressante, répondit-elle en croisant les bras sur sa poitrine. Surtout à l'époque médiévale. Concernant la loi aujourd'hui, c'est plus simple : si le mariage n'est pas consommé, il peut être annulé. Or, je refuse tout net de passer à la casserole.

La formule était si infamante que Christo ferma un instant les yeux, serrant la mâchoire, pour recouvrer son calme. Puis, il se dirigea vers l'Interphone de son chevet et appuya sur le bouton.

— Du cognac, s'il vous plaît. Et deux verres.

Il posa sa veste sur le dossier d'une chaise et déboutonna le haut de sa chemise. Assez pour laisser voir la toison qui courait entre ses pectoraux. La jeune femme blêmit.

— Allons, viens, soupira-t-il. Assieds-toi.

Comme elle restait interdite au beau milieu du salon de la suite, il alla lui-même prendre une chaise qu'il installa face à la sienne.

— Viens, répéta-t-il.

— Je ne suis pas ton chien.

— Je ne te le fais pas dire, renchérit-il. Un chien t'accueille joyeusement quand tu rentres chez toi. Un chien ne…

Il s'interrompit comme Anna, sa gouvernante, entrait avec un plateau. Dès qu'elle l'eut déposé sur la table, il lui sourit et précisa :

— Merci, Anna, ce sera tout. Laissez la bouteille et prenez votre soirée.

— Merci monsieur. Encore toutes mes félicitations à madame et à monsieur. Quel grand jour pour vous deux !

La jeune femme, un sourire rayonnant aux lèvres, disparut sur ces mots.

Christo se leva et alla remplir les verres.

— Un toast ? proposa-t-il.

— Qu'est-ce que c'est ? demanda son épouse d'un ton méfiant.

— Ni de l'arsenic ni du curare. Et pourtant, ce liquide te ressemble. C'est du cognac. Regarde : tes yeux ont la même couleur ambrée.

La férocité de sa compagne parut s'estomper, tandis qu'elle acceptait le verre et trinquait silencieusement avec lui. Leurs regards se croisèrent avant qu'ils portent l'alcool à leurs bouches. Oui, ce miel aux mille éclats d'or et de caramel rouge… Le regard de Théa avait la force, la chaleur, l'intensité du cognac.

— Désolée, dit-elle en relevant la tête vers lui. Je ne vois pas à quoi je pourrais trinquer.

— Quel dommage ! Un cognac de vingt-cinq ans… Il le mérite, non ? Apparemment, il a plus de maturité que toi.

— Ce n'est pas moi qui fais l'enfant, ici, se défendit-elle. Je ne joue à aucun jeu.

— Bien sûr que si, Théa. Depuis le début, tu te joues de moi. Alors maintenant, je veux des réponses à mes questions, qui sont légitimes.

Non sans lui avoir adressé un regard de défi, elle se dirigea lentement vers la chaise, s'y assit en prenant tout son temps et le considéra, avec un sourire fallacieux. Le message était clair : elle refusait de parler.

Loin de se laisser démonter, Christo adopta la même attitude flegmatique en se dirigeant vers sa veste, pour en tirer l'enveloppe d'un geste au ralenti – théâtral. Tactique couronnée de succès, car Théa riva aussitôt sur lui un regard déchiré d'angoisse.

Christo l'ouvrit. Deux mille dollars en espèces… Une somme bien modeste, pour s'échapper. Un passeport. Un papier avec des numéros de comptes.

— Qui t'a appris à conduire une moto ? demanda-t-il en la dévisageant avec attention.

Elle s'humecta les lèvres.

— Mon… Mon frère, Demetri.

Cet archétype du fils de riche, imbu de lui-même et incapable de se servir de ses dix doigts ? Il ne saurait même pas se servir d'un ouvre-boîte. Non. Il n'avait pas piloté une moto une seule fois dans sa vie. Christo en était certain. Pourtant, il préféra laisser ce mensonge de côté. Pour l'instant.

— À quelle banque ces comptes sont-ils rattachés ?

Théa s'enferra dans une moue obtuse.

— Combien d'argent y a-t-il dessus ? poursuivit-il.

Le silence devenait pesant. Il avait tout son temps, pensa-t-il. Et il attendit.

Enfin, elle répondit d'une voix à peine audible :

— Cela ne te regarde pas.

— Tu es ma femme, lui rappela-t-il. Tout ce qui te regarde me regarde aussi. Nous pourrons donc considérer cette somme comme ta dot.

— Non !

Il n'avait pas besoin de son argent. En faisant lever l'hypothèque qui pesait sur sa société, Tito lui avait accordé tout ce qui lui importait. Mais il n'allait pas permettre à Théa de remettre Atlas Shipping en danger avec son patrimoine douteux. Nul doute qu'elle possédait de précieuses antiquités. Il avait conclu ce marché pour sauver l'honneur et l'avenir de sa compagnie navale, et non pour que la jeune femme, en cheval de Troie de Tito, fasse tout voler en éclats.

— Un coup de fil à mon banquier, et non seulement je connaîtrai le nom de cette banque, mais aussi le montant exact qui sera viré sur mon compte *dès demain*, dit-il.

— Tu ne peux pas… Tu n'as pas le droit !

— Je peux m'en charger tout de suite, reprit-il en faisant mine de sortir son téléphone de sa poche.

Livide, elle le fixa un long moment avant d'avouer :

— Quatre millions.

— Pardon ?

— Quatre millions de dollars, confirma-t-elle. Environ.

Sidéré, Christo retomba sur sa chaise et se sentit dans la peau d'un renard découvrant que sa proie était la poule aux œufs d'or. Comment diable avait-elle amassé une telle somme ? Tito Lambros était connu pour sa pingrerie. Il avait hissé sa banque privée au sommet grâce à des opérations hautement suspectes, et une politique de vieux grippe-sou.

— Ton père t'a donné *tout ça* ? s'étonna-t-il.

Elle haussa les épaules avec une moue de dégoût.

Était-elle la fille de son père bien au-delà de ce qu'il soupçonnait ? Avait-elle volé ou détourné cet argent ?

— Je suis économe, déclara-t-elle.

— Ou malhonnête, opposa-t-il. Vas-tu m'obliger à prier ton père de me fournir une explication ? Dois-je lui conseiller de lancer un audit sur ses comptes ?

— Je ne suis pas une voleuse, dit-elle d'un ton offusqué.

— Justement, toute la question est là. Comment définir ma ravissante épouse ? Tu n'es *pas* économe. Tous tes vêtements et tes chaussures sont de grands créateurs. Alors quoi ? Tu caches un âne qui fait des pierres précieuses ? Tu as découvert le secret du roi Midas ?

Visiblement mal à l'aise, Théa croisa les jambes. Christo

pouvait presque voir ses pensées défiler à toute vitesse derrière son regard égaré. Elle cherchait un mensonge crédible.

— C'est Elena qui me donne ses vêtements et ses chaussures quand elle ne s'en sert plus, déclara-t-elle.

— Tiens donc.

— C'est la vérité. En échange de cet aveu, je demande un renvoi d'ascenseur. Je souhaite que nous parlions de notre bref avenir ensemble.

Christo soupira. La négociation était un art, et dans le domaine affectif il en était passé expert à son corps défendant. Ses parents ne lui avaient jamais rien offert par affection, seulement par intérêt, en attendant quelque chose en retour. Par « renvoi d'ascenseur ». En fait, il n'avait été qu'un pion très utile tout au long de leurs hostilités. Non, ils ne l'avaient pas aimé. Ils s'étaient servis de lui. Ni plus ni moins.

Aussi savait-il très bien comment manœuvrer sa barque face à ce type de chantage.

— Nous évoquerons le scénario de sortie plus tard. Quand tu auras répondu à mes questions.

— Tu plaisantes ? Je suis censée ne compter sur rien d'autre que ta parole ? Pas question. Je veux davantage qu'un vague engagement.

Lâchant un autre soupir, il sortit de sa poche le mobile de Théa et le lui lança.

À son grand étonnement, elle avait de bons réflexes et l'attrapa au vol.

— Tiens. Maintenant, appelle les secours et essaye de faire croire à qui tu veux que je te retiens prisonnière ici, le soir de ta nuit de noces. Ou alors… Dis-moi comment tu t'es procuré quatre millions de dollars.

Il avait joué la bonne carte, constata-t-il en la voyant serrer l'appareil entre ses mains, puis dodeliner de la tête.

— Très bien, dit-elle. Mon père a toujours considéré que ce serait un déshonneur pour lui, si sa fille osait s'abaisser à travailler. Mais il tenait à ce que je sois habillée comme une fille de riche. Il n'aurait pas supporté qu'on murmure, dans les cercles privilégiés, si j'avais eu l'air d'une pauvresse... Alors il me donnait parfois de l'argent pour que j'achète des vêtements de luxe. Je confiais la somme à Elena qui a ouvert un compte pour moi. Et pour que mon père ne se doute de rien, elle me donnait des vêtements qu'elle avait portés une ou deux fois. Son père est un homme très généreux, qui ne s'est jamais soucié de compter les tenues de sa fille.

Christo buvait ses paroles. Il considérait sa femme. Une femme qu'il découvrait. Une femme mystérieuse, pleine de ressource.

— J'ai de la chance d'avoir une épouse si habile et si économe, nota-t-il, mais je ne vois pas comment tu as atteint le chiffre faramineux de quatre millions.

— J'ai pris la décision de m'échapper le jour de mes dix-huit ans, révéla-t-elle en plongeant son regard grave dans le sien. J'en ai vingt-trois : cinq ans d'économie, cinq ans de placements financiers. J'ai beaucoup appris en matière d'investissements boursiers. En tout cas, mes opérations ont été fructueuses.

De plus en plus abasourdi, Christo sentit une flamme le consumer lentement. Il refusait de tomber dans le piège de la femme fatale, mais Théa endossait ce rôle avec un talent étourdissant. La motarde au regard de braise et au compte en banque garni par ses propres talents n'avait plus rien de commun avec la petite fille riche qu'il croyait avoir épousée.

Sauf si… Comment être certain qu'elle disait vrai ?

— Tu n'aurais pas un petit tuyau financier à me confier ? suggéra-t-il.

Elle afficha un sourire en coin.

— Pour quoi faire ? Il semblerait qu'Atlas Shipping se porte très bien. Probablement mieux encore désormais : le mariage du grand armateur que tu es avec la fille de la plus grande banque privée de Grèce va aider le cours de ton action à s'envoler.

En théorie, elle avait raison. Seulement parce que Christo avait su tenir secrètes les folies entreprises par Hector, les malversations avec Tito.

— Parce que j'ai intérêt à me diversifier, tu ne crois pas ? insista-t-il. À ne pas placer tous mes œufs dans le même panier.

Du reste Atlas Shipping n'était pas encore à lui. Officiellement, son père et lui la partageaient. D'où la situation inextricable où il s'était trouvé.

À contrecœur, elle lâcha :

— D'accord. Une start-up américaine encore inconnue aurait réussi à augmenter la capacité de stockage de l'énergie solaire de 80 %. Si le procédé est vraiment aussi efficace, il rapportera une fortune… Dont tu n'as pas vraiment besoin.

— Son nom ? demanda-t-il.

Théa sourit. Tranquillement, elle arrima son regard au sien.

— Je te le dirai demain. Dès que tu m'auras donné ton accord pour le divorce et rendu le contenu de cette enveloppe.

Théa sentait la confiance renaître en elle. Le visage de Christo était impassible. Il rivait ses yeux vert émeraude sur elle. Ils étincelaient. De colère, sans doute.

Christo Callas ne voulait pas d'une femme intelligente.

La compagne qu'il espérait aurait dû être soumise. Jamais elle ne correspondrait à ses attentes. Après un divorce rapide, elle serait enfin une autre femme, libre. Peut-être même du genre à apprécier les hommes comme lui…

Cette pensée surgie de nulle part la fit rosir.

— Malheureusement, dit-il, il se trouve que j'ai besoin d'une femme. Et comme tu es là, je ne vois aucune raison d'aller en chercher une ailleurs.

Elle serra son mobile entre ses paumes moites. Il existait un moyen de mettre un terme à cette comédie. Forcément. Alexis saurait comment faire, lui. Si seulement il répondait à ses textos… Hélas ! tous ceux qu'elle lui avait adressés aujourd'hui étaient demeurés lettre morte.

Voyons, il fallait qu'elle conserve son sang-froid, s'enjoignit-elle en prenant plusieurs longues inspirations. Elle était allée trop loin pour accepter l'échec. L'heure des négociations avait sonné, de même que celle de s'affranchir de cette union absurde. Espérant toucher son bon sens, elle reprit :

— Enfin, voyons, Christo, moi je ne *veux pas* être ta femme. Et je sais bien, au fond, que tu ne veux pas de moi. Pourquoi nous infliger ce calvaire ? Tu trouveras facilement une femme avec qui tu serais mieux assorti. Quelqu'un qui t'aime.

Il se leva, alla s'installer confortablement sur le canapé et la considéra avec une décontraction qui n'annonçait rien de bon.

— L'amour ne m'intéresse pas. Pour le moment, je te garde, annonça-t-il du même ton qu'il aurait pu employer en commandant un café dans un restaurant.

Théa en resta un instant bouche bée, et le regarda jouer du bout des doigts avec la feuille de papier où Elena avait copié les numéros de ses comptes en banque.

Désespérée, elle bondit de sa chaise. Il n'y aurait pas de négociation ! Elle était prisonnière ! Encore une fois… Exactement comme elle l'avait été avec son père et Demetri. Des hommes riches, puissants et cruels jouaient avec elle comme de gros chats repus avec une souris.

— Tu es ignoble, dit-elle, les dents serrées.

Il haussa les épaules et sourit.

— Si cela te fait plaisir de le croire. Au lieu de miser sur mon humanité…

Théa hésita. Que devait-elle comprendre ? Qu'elle pouvait acheter sa liberté d'une façon ou d'une autre ?

— Tu es fatiguée, déclara-t-il en lui jetant un coup d'œil perçant. La journée a été longue. Alors cessons de nous chamailler. Je vais t'expliquer. Le testament de mon père stipule que pour hériter de ses parts d'Atlas Shipping, je dois être marié. Alors maintenant que nous venons tout juste de nous unir, je ne peux pas te laisser partir. Pas avant qu'il soit mort et enterré.

La dureté de ces paroles la fit frémir. Ainsi que l'horreur de la situation. Oh non ! Pas ça… Quel âge avait cet homme ? Des calculs terrifiants défilèrent dans son cerveau. Christo avait à peine trente et un ans. Devait-elle se considérer comme prisonnière pour les vingt-cinq ou trente prochaines années ?

— Inutile de te le cacher, enchaîna-t-il. Mon père est malade.

— Oh ! Je suis navrée, dit-elle avec franchise. C'est grave ?

— Oui. Il est en phase terminale… Même si son état s'est stabilisé, ces dernières semaines. Merci de t'en préoccuper.

— C'est pour cela qu'il n'était pas présent à notre

mariage ? Je me demandais… Vraiment, je suis désolée pour toi, Christo.

— Merci. Je ne suis pas un monstre de cruauté, Théa.

Elle était pétrifiée. Partagée entre le chagrin qu'elle éprouvait pour quelqu'un allait perdre son père, et la peur que lui causait la révélation de Christo. Cet héritage sous condition, son entêtement à la garder pour femme.

— Si tu n'es pas cruel, tu m'accorderas ce divorce, dit-elle avec simplicité.

Lentement, mais avec fermeté, il secoua la tête.

— Il n'en a plus pour longtemps. Douze mois tout au plus, selon son oncologue. Je n'ai pas le temps de divorcer et de me remarier, et surtout ce serait un risque trop important à prendre. Mais dès qu'il nous aura quittés, je t'accorderai ce que tu me demandes.

Théa avait envie de hurler. *Non, non…*

— Pourquoi moi ? geignit-elle.

Elle voulait savoir pour quelle raison elle était placée contre son gré sur cet échiquier où elle n'avait rien à faire. Son père ne lui avait pas fourni la moindre explication. En revanche, il lui avait remis une liste de renseignements qu'il souhaitait qu'elle trouve pour lui, au sujet d'Atlas Shipping.

— Parce que tu étais disponible.

5.

— Et tu prétends que tu n'es pas cruel ? l'accusa Théa, tremblante de colère.

Quel cynisme ! Quelle arrogance ! Et quel mépris souverain envers elle !

— Théa… J'ai besoin *de toi*, dit-il avec plus de douceur.

Cela n'avait aucun sens. Christo cherchait seulement à l'amadouer. Il n'avait pas besoin d'une femme qu'il ne connaissait pas, et elle n'avait pas besoin d'un mari outrageusement sexy, avec un torse au bronzage impeccable dont elle devinait un peu trop de détails, par l'échancrure de sa chemise déboutonnée. Un homme dont la voix envoûtante faisait courir, à tout instant, une myriade de petites ondes électriques à la surface de sa peau.

— Tu sembles être une excellente femme d'affaires, enchaîna-t-il. Je ne te demande évidemment pas de t'engager gratuitement. Non seulement je te rendrai ton argent, mais augmenté d'intérêts.

La liberté, oui… mais conditionnelle. Bien sûr, elle pouvait partir maintenant – enfin d'ici quelques heures ou quelques jours. Mais dans ce cas, elle s'en irait les poches vides.

Une vieille angoisse se réveilla en elle. Elle avait vu sa mère se faire claquer la porte au nez par tous ceux qui auraient dû la soutenir dans un moment critique, après son divorce : ni sa famille ni ses amis ne lui avaient tendu la main. Maria s'était retrouvée affublée de l'infamante étiquette de paria, uniquement parce qu'elle avait osé quitter Tito Lambros… Un homme qu'elle n'avait jamais aimé. Même si Théa était petite, elle avait été témoin des privations et des difficultés de sa mère. La malheureuse s'était fanée à l'image d'une fleur sans eau, elle était maigre, ne sortait jamais nulle part… Traumatisée par la déchéance de sa mère, Théa n'avait jamais oublié le conseil qu'elle lui avait donné : « Ne fais jamais ce que j'ai fait. Sécurise ton avenir avant tout. »

Or, si elle partait maintenant, où irait-elle ? Le père d'Elena et le sien étaient amis. L'un ou l'autre la renverrait sur-le-champ chez Christo. Seul Alexis pouvait l'aider, depuis l'étranger. Ils étaient convenus qu'il quitterait la Grèce avec l'argent dès qu'il serait libéré. Mais elle commençait à s'inquiéter. Et s'il lui était arrivé quelque chose ?

— Tes pensées te torturent, Théa, observa Christo.

La voix de son mari l'extirpa de ses conjectures. Sa voix un peu trop caressante… Essayait-il de la séduire ?

— Comment puis-je te faire confiance ? demanda-t-elle.

Il riva son regard au sien.

— Tout ce que je te demande, c'est de rester ma femme jusqu'à ce que les parts d'Atlas Shipping soient en intégralité entre mes mains. Je vais prier mon avocat de nous établir un contrat en ce sens. Une sorte de contrat de mariage après-coup. Prends quelques minutes pour y réfléchir.

Sur ces mots, il continua à déboutonner sa chemise et disparut dans la chambre attenante au salon. Théa entendit bientôt le jet de la douche dans la salle de bains. Malgré elle, elle ne put s'empêcher d'imaginer le corps de Christo entièrement nu, les filets d'eau chaude ruisselant sur ses épaules rondes, ses bras musclés, ses reins et…

Elle enfonça douloureusement les ongles dans la chair de ses mains pour se punir, puis pianota sur l'écran de son mobile. Toujours pas de message. Oiseau bleu envoya-t-elle. C'était leur code secret, si elle avait besoin de lui. Un SOS qu'Alexis n'avais jamais ignoré jusqu'alors.

Elle attendit, le cœur battant. Les secondes, les minutes s'égrenèrent. Mais la réponse ne vint pas.

— Alors, tu as réfléchi ?

Machinalement, elle se retourna vers Christo et… sentit son cœur cesser de battre en le voyant vêtu d'un pantalon de pyjama en soie marine. Et de rien d'autre. Il lui exposait son buste – son imposante carrure, ses muscles saillants, la perfection de ses abdominaux et d'une très fine toison noire courant juste au-dessus.

— Mais qu'est-ce que tu fais ? demanda-t-elle, la gorge en feu.

Christo haussa les sourcils. Ses cheveux noirs, mouillés, laissaient tomber quelques gouttes sur son dos. Hypnotisée, Théa aurait voulu en détourner les yeux… Impossible.

— La journée a été aussi longue que riche en événements et en surprises… Je me prépare à aller me coucher, dit-il benoîtement.

— Et tu ne peux pas te vêtir convenablement ? C'est… indécent.

— Dans la mesure où j'ai l'habitude de dormir nu, je considère au contraire que je me comporte en parfait gentleman. Venons-en au fait. Ta décision. Quelle est ta réponse ?

Théa réfléchit à toute vitesse. S'il était arrivé quelque chose à Alexis, elle ne pourrait rien faire pour l'aider si elle devait loger sous un pont. Au moins, ici, il lui restait une chance. Elle trouverait bien un moyen de le mettre à l'abri. C'était sa priorité absolue.

— J'accepte, dit-elle, le cœur lourd.

Elle résista au désir de l'étrangler en le voyant afficher un sourire victorieux.

— Fort bien. Mais j'ai des conditions à poser, ajouta-t-il.

— Vraiment ? Lesquelles ?

— Pour commencer, il faut que notre mariage ressemble à s'y méprendre à un vrai.

Théa fronça les sourcils.

— C'est-à-dire ?

En toute honnêteté, elle n'avait aucune idée de ce qu'était un « vrai » mariage. Sa mère avait quitté la brutalité du cadre conjugal quand Théa était encore petite. Elle n'avait vu qu'une chose : la belle Maria Lambros peu à peu brisée, se figeant dans l'ombre d'elle-même.

— Nous sommes d'heureux jeunes mariés, expliqua-t-il. La loyauté l'un envers l'autre est une condition sine qua non. Quant au reste, sers-toi de ton imagination. Tu voulais te marier par amour…

— Je n'ai jamais dit cela ! Et je refuse de partager ton lit !

— Je croyais que tu faisais référence au sexe, dit-il d'un ton détaché.

Avait-il perdu la tête ? Voulait-il vraiment qu'ils partagent le même lit… juste pour y *dormir* ?

— Non, déclara-t-elle avec fermeté. Je voulais dire que je refuse de coucher dans les mêmes draps que toi. Où est ma chambre ?

— Ici. C'est notre chambre. Et le lit est immense. Regarde, la place ne manque pas…

Il désigna l'immense matelas. Il était exact que deux personnes pouvaient y dormir en gardant leurs distances, mais…

— Non, répéta-t-elle, je ne veux pas…

— Tu redoutes tes élans ? ironisa-t-il.

Furieuse, elle le dévisagea. Il prenait beaucoup de plaisir à se moquer d'elle.

— J'ai besoin de ma propre chambre, maintint-elle.

— Impossible. Nous serions aussitôt découverts. Certains de mes employés de maison travaillent ici depuis longtemps, ils connaissent mon père, les employés de mon père… Non.

Théa poussa un profond soupir. Puis elle désigna le canapé.

— Un vrai gentleman s'installerait là, observa-t-elle.

— Écoute, Théa, quand je t'ai épousée aujourd'hui, rien ne me préparait à croire que ce ne serait pas un vrai mariage. Arrangé ? Oui. Sans désir ? Oui. Et néanmoins réel. Cela suppose que je dorme dans le même lit que ma femme, et il n'est pas question que je me brise le dos sur mon sofa. Maintenant, si tu veux t'y coller : à ta guise.

Quel goujat ! Quel rustre ! Théa ôta furieusement ses bottes et se dirigea vers la salle de bains d'un pas martial. Dès qu'elle se fut débarrassée de son ridicule corset, elle fit sauter chaque épingle, chaque barrette de son chignon. Lorsqu'elle put secouer ses longues mèches autour de son visage, elle se sentit vaguement rassérénée.

On avait disposé toutes sortes de produits de beauté à son intention. Un tiroir était plein de peignes, de brosses, d'accessoires. Elle trouva également une petite collection de nuisettes neuves, pliées sur une étagère mais… Il s'agissait d'accessoires affriolants pour mariage de conte de fées. Tant pis. Elle ne se changerait pas. Elle dormirait en jean et dans le fin débardeur en soie froissé par le laçage de son carcan. Après s'être démaquillée et brossé les dents, elle sortit comme elle était entrée, au pas de charge, et jeta les coussins du canapé à terre afin de s'y installer.

Christo se mit à glousser.

— Dors bien, Théa, susurra-t-il.

— Mais oui, absolument. J'y compte bien, rétorqua-t-elle sèchement.

Il riait encore en allant se coucher. Elle rabattit le plaid sur elle et conclut d'un ton pincé :

— Ce sera facile de passer une nuit merveilleuse, si je rêve que je t'étouffe dans ton sommeil.

La timide lueur de l'aube filtrait déjà par la fenêtre quand Christo se réveilla. Il se leva et passa devant le canapé où Théa avait passé les trois dernières nuits. Trois *longues* nuits. Une détermination pareille méritait des louanges… qu'il n'avait pas l'intention d'exprimer à haute voix.

En mettant au point leur petit accord, il n'avait pas réalisé ce que cela impliquait. Sa suite, qui lui paraissait d'ordinaire immense, semblait se réduire comme peau de chagrin dès la tombée du soir : une fois dans son lit, il entendait le moindre mouvement de la jeune femme – la façon dont elle se tournait et se retournait sur le canapé, sa respiration, le frottement de ses cheveux sur le tissu… tout. Elle dormait désormais dans des nuisettes longues – et pourtant très sexy. En soie, avec des broderies sophistiquées à la naissance de sa poitrine, ou de petits lacets qui le narguaient avec insolence.

Il s'arrêta devant le maudit canapé. Elle avait passé une jambe par-dessus le plaid. Une longue jambe, délicieusement galbée, dont le hâle doré contrastait avec le bleu profond de sa nuisette. La tentation d'avancer la main, de savourer le contact de cette peau suave et irisée…

Christo étouffa un juron et ferma les poings. Leur relation était un partenariat. Un contrat à durée limitée, rien d'autre. Il fonça prendre une douche froide, s'habilla et se rendit sur la terrasse qui surplombait la piscine. Là, il dégusta un petit déjeuner léger, copieusement arrosé du délicieux café d'Anna, et se plongea dans le rapport de Raul.

Oh ! naturellement, il éprouvait un soupçon de culpabilité d'avoir ordonné cette filature de sa fiancée, mais… Impossible de faire confiance à Tito Lambros. Christo avait eu besoin de savoir qui était vraiment celle à qui il était supposé passer la bague au doigt.

Il fit défiler des clichés sans intérêt. La jeune femme prenant un verre ou un repas avec sa meilleure amie. On les voyait également faire les magasins, parfois se rendre dans un night-club. Théa ne sortait jamais sans garde du corps. Le rapport en déduisait que Christo aurait affaire à une jeune femme sans histoire.

Il fronça les sourcils. Avant de donner son accord pour ce mariage, il s'était contenté de lire les conclusions de Raul ; sans examiner les clichés avec attention. Or, il s'aperçut que Théa et Elena faisaient la même taille. Elles avaient les cheveux exactement de la même longueur. De la même teinte, aussi… Et si elles apparaissaient toujours souriantes, à visage découvert, quand elles étaient ensemble, chaque photo de Théa seule la montrait coiffée ici d'un chapeau, là d'une casquette décontractée, la moitié des traits dissimulés par d'immenses lunettes de soleil.

Bon sang… Elle lui avait dit la vérité. Grâce à Elena, elle pouvait disparaître de tous les radars sans que personne s'en aperçoive.

Le claquement de talons fins sur la pierre de la terrasse l'avertit de son arrivée imminente, et il referma la chemise, avant de la ranger dans son attaché-case. Il leva les yeux vers elle. Dans un jean large à taille haute et une blouse turquoise dont les volants dansaient sur ses épaules à demi découvertes, elle présentait le même contraste que le jour de leurs noces, alors qu'elle tentait de fuir en motarde : la décontraction et la rébellion d'une part, la féminité et la sophistication de l'autre.

— Bonjour, dit-elle aimablement, en attrapant une figue et en s'installant à table.

— Bonjour, répondit-il distraitement, en la regardant découper avec soin le fruit dans son assiette.

Dès que les quartiers furent alignés, exhibant leur chair rose, elle lança :

— Je veux ma propre chambre. Sans espace privé réservé à chacun, comment préserver le mystère entre nous ?

Sur ces mots, elle battit des cils et afficha un sourire angélique. Un flirt aussi factice que bien interprété. Sa mère avait-elle adopté la même tactique pour piéger Hector, autrefois ? Le seul élément positif dans le rapport de Raul, était que la jeune femme ne semblait pas cacher un homme qu'elle ferait sortir du placard dès que le riche mari tournerait le dos… Contrairement à sa mère.

Son contentement fut de courte durée. Car il y avait un petit problème : le rapport de Raul concernait une personne qui n'existait pas, qui était un peu Théa, un peu Elena, et beaucoup de fiction.

— Les jeunes mariés n'ont pas besoin de mystère, répliqua-t-il au moment où Anna venait leur porter des toasts et des viennoiseries chaudes, ainsi qu'une nouvelle verseuse à café.

— Mais voyons, Christo chéri ! s'exclama sa comédienne d'épouse. Tu as vu la mine que j'ai ? Anna, venez par ici, s'il vous plaît… Vous serez forcément d'accord avec moi. N'est-ce pas que j'ai les traits tirés ?

La gouvernante leur jeta tour à tour un regard perplexe, hésitant à accorder sa loyauté à l'un plutôt qu'à l'autre.

— Tu vois ! conclut-elle d'un ton triomphal. Anna est trop horrifiée par ma peu grisâtre pour acquiescer.

— C'en est assez, protesta-t-il. Laisse Anna partir.

Il fit signe à sa gouvernante de s'éclipser, ce qu'elle fit avec une gratitude évidente. Dès qu'ils furent seuls, Christo se pencha au-dessus de la table et demanda :

— Qu'est-ce que tu ne comprends pas dans la formule « un vrai mariage » ? Tu as déjà vu des jeunes mariés faire chambre à part, de nos jours ?

— Tu as décrété que j'étais obligée de partager ta chambre après notre accord, lui rappela-t-elle.

Irrité, il haussa les épaules.

— Si tu m'aimais, tu me permettrais d'avoir ma chambre, ajouta-t-elle avec une moue enfantine.

Certes, elle avait une petite bouche adorable et des lèvres qui le tentaient de plus en plus, mais… Il détestait ce genre de mise en scène.

— Mais comme je ne t'aime pas, cet argument ne vaut pas un clou.

6.

Christo avait prononcé cette phrase d'un ton froid, un sourire aimable vissé au visage.

La jeune femme ne parut guère blessée… Seulement vexée d'avoir perdu une manche.

— Tu n'as aucun cœur, l'accusa-t-elle.

Il se pencha encore pour parler très bas.

— Mes employés nous regardent. Et bien qu'ils perçoivent une rétribution généreuse, notamment pour me garantir leur discrétion, je n'oublie pas qu'ils sont humains. S'ils nous trouvent bizarres chaque fois qu'ils nous voient ensemble… Une rumeur se répand à toute vitesse.

— Je voulais juste dire que lorsqu'un homme est follement amoureux, il fait tout ce qu'il peut pour la femme qu'il aime.

Sa voix était douce et légère, comme la brise dans les feuillages des oliviers, derrière eux.

— D'où sors-tu cela ? s'étonna-t-il.

Elle haussa les épaules évasivement.

— C'est ce que quelqu'un m'a dit un jour, en me conseillant de demander beaucoup à la vie.

Quelqu'un ? Son amant ? L'homme qu'elle aimait ? En un geste possessif, il lui prit la main. Puis, il la porta lentement à ses lèvres pour l'embrasser.

— Que… Qu'est-ce que tu fais ? balbutia-t-elle, un accent de panique dans la voix.

Savourant la douceur de sa peau contre sa bouche, il ferma les yeux avant de murmurer :

— Je fais comme si j'étais follement amoureux.

À peine eut-il prononcé ce dernier mot qu'il sentit la nausée monter en lui. Il n'était pas – et ne serait jamais – un homme follement amoureux.

Elle parut surprise quand il lâcha sa main, et le fut certainement davantage lorsqu'il lança :

— Si je te donne ta propre chambre, qu'est-ce que tu m'offres en échange ?

Il vit ses joues rosir.

— Eh bien… Chaque nuit, je viendrai passer un petit moment dans la tienne pour donner le change.

Ce n'était pas idéal, mais il ne pourrait plus supporter longtemps de dormir, ou plutôt de chercher vainement le sommeil, à quelques mètres de son épouse presque nue.

— Tu resteras un *long* moment, la reprit-il. Je suis censé faire l'amour avec une femme insatiable. Et donc, prendre mon temps.

Le regard de la jeune femme se voila de gêne, ce qui lui procura une intense satisfaction.

— C'est entendu. Merci, Christo.

Comme la gouvernante revenait sur la terrasse avec des jus de fruits frais, il lui fit signe.

— Anna ? Mme Callas et moi-même avons discuté de sa requête. Veuillez lui préparer la chambre d'amis juste à côté de ma suite, et faire porter toutes ses affaires là-bas.

Cette conversation l'avait agacé. Il se leva, salua son épouse et partit travailler. Pourtant, alors que sa voiture approchait des quartiers généraux d'Atlas Shipping, il ne put s'empêcher de consulter sa montre… et d'éprouver une impatience inexplicable à l'idée de son retour chez lui, dans la soirée.

— Entre.

La réponse immédiate, comme elle frappait à la porte de Christo, fit courir un frisson d'excitation dans le dos de Théa. Elle entra et le trouva assis sur le canapé, dans l'espace salon attenant à sa chambre. En jean et en T-shirt, il paraissait encore plus athlétique que d'habitude, et elle ne put s'empêcher d'admirer ses biceps, sa carrure, son ventre plat et dur. Ses vêtements étaient un peu élimés, ce qui lui donnait aussi une allure plus jeune. Oh ! bien sûr, à trente et un an à peine, il *était* jeune, mais en cet instant il ressemblait davantage à un étudiant passionné de sport qu'à un homme d'affaires. Son épaisse chevelure noire était en désordre, quelques mèches rebelles tombant sur ses sourcils.

— Je ne savais pas trop comment m'habiller pour euh… répondre à mon assignation, balbutia-t-elle après avoir tourné sept fois sa langue dans sa bouche.

Il tourna la tête vers elle et détailla sa tenue d'un regard scrutateur. Elle avait enfilé un sweat-shirt gris, extra-large, sur un legging noir.

— La question de savoir ce que tu portes est hors sujet. Puisque nous sommes de jeunes mariés qui ne pensons qu'à nous retrouver nus le plus vite possible.

Malgré elle, elle vit défiler les images d'une scène torride et lutta contre le trouble qui la gagnait.

— Charmant accueil, dit-elle froidement.

Il sourit.

— Si tu voulais un peu mieux prétendre être une épouse énamourée, je pourrais te prouver à quel point je sais me montrer charmant.

Elle alla s'installer dans un fauteuil, face à lui, de l'autre côté de la table basse.

— Je suis venue, non ? rétorqua-t-elle, agacée.

— Sans même faire l'effort d'avoir l'air un tant soit peu réjouie de me retrouver, objecta-t-il.

— Ça, jamais, affirma-t-elle.

— « Jamais » dure très longtemps, quand on est seul et isolé…

Théa s'efforça de surmonter son humeur. Cet homme semblait avoir réponse à tout.

— Je suis habituée à la solitude, dit-elle d'un ton de défi.

Il arrima son regard au sien et répondit d'une voix grave :

— Moi aussi.

Elle crut percevoir une note de tristesse dans ces mots, mais il enchaîna très vite, avec son éternelle arrogance :

— Dommage pour toi. Je pars à New York pour quelques semaines. J'avais pensé que tu aimerais m'accompagner.

Le cœur de Théa fit un bond dans sa poitrine. New York ! La ville où sa mère avait tant souhaité l'emmener… Pour se donner une contenance, elle attrapa un livre sur la table basse et se mit à le feuilleter machinalement, tout en rivant son regard aux feuilles des oliviers. L'éclairage de la terrasse avait quelque chose de magique, à cette heure de la nuit. Et les bougainvilliers embaumaient l'atmosphère.

— Je n'ai jamais quitté la Grèce, avoua-t-elle tout à trac.

Christo la regarda avec ébahissement.

— Vraiment ? Ton père n'a pas jugé indispensable que tu connaisses d'autres pays ?

Impossible de lui révéler qu'elle avait grandi dans une cage.

— Il était très… protecteur, prétendit-elle. Je ne suis jamais sortie sans chauffeur. Sans garde du corps.

En réalité, son père ne s'était jamais soucié de sa sécurité. Demetri s'était montré très zélé, pour surveiller sa sœur.

— Eh bien, viens avec moi à New York, suggéra-t-il, et tu auras un chauffeur. Je vais également prier mon équipe de sécurité de t'affecter un garde du corps, si cela peut te rassurer.

Théa retint son souffle. Il lui tendait lui-même la perche. Elle serait folle de ne pas la saisir ! Il fallait à tout prix qu'elle retrouve Alexis. Et si elle disait toute la vérité à Christo ? Si elle lui annonçait qu'elle avait un demi-frère ? Pas de mensonge, pas de manipulation.

Son cœur battait un peu plus fort. Elle avait envie de se libérer des faux-semblants et des manigances, mais… la sécurité d'Alexis était prioritaire. Comment être sûre et certaine que Christo l'aiderait ? Oubliait-elle que cet homme avait conclu un marché avec son père ?

Non sans avoir rassemblé son sang-froid, elle déclara :

— Dans ce domaine, je ne fais confiance qu'à Alexis Anastos, l'homme que mon père a engagé pour moi.

Christo se cala contre le dossier du canapé et haussa les sourcils. Théa comprit qu'elle devait être sur ses gardes : elle avait éveillé son attention, peut-être sa suspicion.

— Où est-il, maintenant ? demanda-t-il.

— Ma foi, je ne saurais te le dire. Avant notre mariage, il a été libéré de sa charge. Je crois qu'il a pris des vacances. Il faut dire que ce n'est pas de tout repos de travailler pour moi !

Elle s'esclaffa pour faire bonne mesure, ravie de sa petite trouvaille, l'autocritique, pour assurer l'opération de déminage. Hélas ! si elle avait cru mettre dans le mille, elle en était pour ses frais. Christo parut plus méfiant encore.

— Je vois. Vous étiez très proches, si je comprends bien… À quel point ?

Théa battit des cils, croyant avoir mal compris. Quand elle fut certaine que Christo exprimait sa possessivité, elle sentit une rage blanche fuser dans ses artères. Comment osait-il ?

— Il a été pour moi un peu comme le frère que je n'ai jamais eu, rétorqua-t-elle sèchement.

Elle regretta aussitôt son emportement. Quelle idiote ! Il fallait qu'elle conserve son calme, qu'elle manœuvre avec habileté, au lieu de prendre la mouche à la moindre question ! Déjà, Christo fronçait les sourcils, n'ayant entendu que l'aveu d'une relation étroite entre sa femme et l'employé chargé de sa sécurité.

— Mais de toute façon, je ne suis pas son genre. Je ne *risque pas* d'être son genre, si tu vois ce que je veux dire, ajouta-t-elle en le dévisageant d'un air entendu.

Ouf ! Cette tactique parut payante : le tigre se repositionna en gros chat paresseux sur son canapé.

— Bon, dit-il. Tu me donneras le nom de l'agence qui l'emploie, et je verrai ce que je peux faire.

— Merci, souffla-t-elle, sincèrement soulagée.

— Je t'ai déjà dit que je ferai tout mon possible pour que tu sois heureuse ici.

Cette voix… Plus caressante qu'un drap de satin. Alors que la promesse d'une tempête brillait dans son regard vert.

— Tu vas vraiment vouloir que nous ayons ce rendez-vous chaque nuit ? demanda-t-elle.

— C'est toi qui l'as proposé, lui rappela-t-il.

— Oui mais… Qu'est-ce qu'on va faire ? Jouer aux cartes ?

— Tu ne préfères pas Action ou Vérité ?

Théa le fixa avec stupéfaction.

— Tu plaisantes ? Nous avons largement passé l'âge !

À vrai dire, elle n'avait jamais joué à *aucun* jeu. Sauf

les petits détournements de personnalité avec Elena, bien sûr. Mais en dehors de cela… Elle n'avait pas connu les soirées pyjama entre adolescents, et le petit frisson des jeux absurdes lui avait manqué. Dire des bêtises, rire…

— Alors à quoi veux-tu jouer ? demanda-t-il, rivant son regard au sien.

Après tout, pourquoi pas ? songea-t-elle.

— Bon d'accord. Vas-y, commence. Pose-moi une question.

Une lueur enfantine se mit à briller dans les yeux vert forêt de Christo. Il se leva et alla se servir un verre de cognac.

— Mon garagiste a été impressionné par ta moto, dit-il. Selon lui, il faut beaucoup de pratique pour savoir piloter un engin pareil. D'où te vient ton goût pour les grosses cylindrées anglaises ?

Zut ! Un point pour lui. Il avait bien visé, et elle se mordit la lèvre. C'était Alexis qui lui avait fait partager sa passion pour la vitesse, après lui avoir appris à conduire une moto en toute sécurité.

— Ah ! s'esclaffa-t-elle maladroitement. Et moi qui pensais que tu allais me demander quelle est ma couleur préférée… Le rouge, soit dit en passant.

— Pourquoi est-ce que cela ne me surprend pas ? répliqua-t-il. Moi, c'est le vert.

— Les opposés.

— Les extrêmes s'attirent parfois.

— Ou bien ils restent aussi incompatibles que l'eau et l'huile, nota-t-elle.

— Peut-être, mais tu éludes ma question.

Flûte ! Elle afficha un sourire benêt et affirma :

— Ma foi, j'aime les carrosseries bien brillantes et les chromes qui étincellent.

Elle se souvint du premier jour où Alexis l'avait emmenée faire un tour, en lui apprenant à conduire. De ce sentiment de liberté, grisant, vivifiant. En devenant une motarde, elle s'était considérablement rapprochée de son objectif : s'affranchir de toutes ses chaînes.

— J'ai du mal à croire que tu sois du genre à t'emballer pour quelque chose uniquement parce que c'est joli et que ça brille.

Elle haussa les épaules.

— Désolée de te décevoir.

— Oh non ! Au contraire. Je te trouve étonnante, Théa.

Elle rougit et demanda :

— C'est mon tour, non ?

— Exact.

Elle planta son regard dans le sien.

— Pourquoi ton père tient-il à ce point à ce que tu sois marié ? Jusqu'à en faire une condition de ton héritage ?

À peine eut-elle prononcé ces mots qu'elle vit le visage de Christo s'assombrir. Il avala une gorgée de cognac, et elle se laissa hypnotiser par le mouvement de sa pomme d'Adam.

— Parce que j'avais la ferme intention de rester célibataire toute ma vie. De ne pas avoir de femme, ni d'enfants.

Ce dernier mot l'atteignit comme un coup de poing à l'estomac. Bon sang ! elle n'avait pas pensé à cela…

— Est-ce que ton père exige aussi par écrit que tu lui assure une descendance ? s'inquiéta-t-elle.

— Non. Hector ne s'abaisserait tout de même pas jusque-là… Ne fais pas de mélodrame, Théa.

— Moi, je fais du mélodrame ? s'offusqua-t-elle.

Il leva les yeux au ciel, lâcha un profond soupir et conclut :

— Très bien. C'est presque une coutume que les femmes se plaignent de leurs maris, alors ne t'en prive pas.

— Puisque ma présence t'irrite… Je peux partir, maintenant ?

Un long silence pesa entre eux. Elle sentit une nouvelle décharge électrique courir sur son épiderme, tandis qu'il la couvait d'un regard indéchiffrable. Un regard aussi intense que mystérieux.

— Si tu veux, dit-il.

Elle souriait, près de lui souhaiter bonne nuit, quand il fit quelques pas vers elle.

— Une seconde, dit-il.

— Qu… Quoi ? coassa-t-elle.

Il était si près… Et la température de son corps venait de grimper d'au moins deux degrés. Oui, elle avait atrocement chaud.

— Aucune femme ne sort de ma chambre aussi… impeccable, expliqua-t-il.

— Comment ça ?

Il la dominait de sa haute stature, abusant de son infernal charisme. Les effluves de son eau de Cologne l'enivraient. Elle percevait une aura chaude et masculine émanant de son corps de dieu grec.

— Tu as la même allure qu'au moment où tu es entrée. Lisse. Intacte.

Cette voix suave, provocatrice… Un feu embrasait le bas-ventre de Théa. Sa colère était aussi intense que son trouble en face de cet homme outrageusement sexy et… insupportable. On aurait dit qu'il mesurait son inexpérience, et qu'il tenait à lui faire savoir à quel point lui, au contraire, était aguerri au jeu de la séduction.

Sans réfléchir, elle se pencha brusquement, secoua la tête avec force, puis plongea les mains dans sa longue chevelure pour l'ébouriffer. Enfin, elle se cambra d'un coup et le fusilla du regard, tandis que ses longues mèches couraient, sauvages, autour de son visage.

— Là ! Tu crois que ça suffira ? Ou faut-il que je déchire mes vêtements pour flatter ta réputation de roi de la jungle ?

Il ne répondit pas. Arrimant son regard au sien, il profita de l'électricité dans l'air pour l'attirer contre lui, et presser les lèvres contre les siennes. La fraîcheur du romarin et du cèdre s'engouffra dans ses poumons, tandis que la douceur de cette bouche ferme et affamée l'enivrait. Intoxiquée, Théa fut incapable de résister. Pis : elle se sentit fondre de désir.

Passionné, fiévreux, le baiser de Christo déclenchait un incendie en elle, et tandis qu'un courant de lave s'engouffrait dans ses artères, elle enroula les bras autour de son cou. Leurs langues s'enlacèrent, langoureuses, endiablées. Le cœur de Théa battait si fort qu'elle l'entendait pulser dans ses tempes. Ses seins se gonflaient et tendaient son débardeur, sous son sweat-shirt. Des ondes d'une violence mystérieuse et exquise transperçaient son ventre. Jamais elle n'avait été embrassée de façon si érotique, et elle avait envie de…

— Ça suffit, déclara-t-il en s'écartant d'elle brusquement.

Si brusquement qu'elle en eut le vertige. Interloquée, à bout de souffle, elle leva la tête vers lui. Elle se sentait égarée.

— Regarde dans le miroir, lui ordonna-t-il.

Au moment où elle découvrit le reflet de son visage rougi et de sa chevelure défaite, il conclut, triomphal :

— Voilà à quoi ressemble une femme qui sort de ma chambre. Maintenant, je peux te faire rencontrer mon père.

7.

Au beau milieu de la bibliothèque, une pièce assez oppressante, avec ses murs lambrissés et ses rayonnages encastrés du sol au plafond, Hector Callas se tenait un peu voûté au fond de son fauteuil roulant. Une couverture était jetée sur ses jambes, aussi affaiblies que son cœur par la maladie. Pourtant, en dépit de son état, il fixait Théa d'un œil vif et manifestait un esprit alerte.

Appuyé contre un panneau en acajou, Christo ne quittait pas sa femme des yeux. Sans doute parce qu'elle interprétait son rôle à la perfection et que… ce n'était pas pour le ravir. À chaque sourire qu'elle offrait à son père, il sentait son irritation augmenter. Mais à la vérité, il était moins fâché contre elle que contre lui-même.

Il s'était juré de ne jamais céder aux mêmes sirènes que son père, il s'était fait le serment de ne pas devenir le genre de nigaud capable de tout oublier en présence d'une jolie femme. Or, tel un débutant, il avait foncé dans le piège, tête baissée. À cause d'un stupide baiser qui était censé opérer l'effet inverse : lui démontrer, à elle, que c'était lui qui menait la barque.

La vanité. Voilà ce qui venait de lui coûter cher. Il faudrait qu'il retienne la leçon, au lieu de songer sans cesse à l'instant où leurs lèvres s'étaient jointes. L'instant où il avait goûté à une drogue dont, semblait-il, il ne pouvait plus se passer. Il ne pensait qu'à sa bouche, à son corps, qu'au besoin de la prendre, de se perdre en elle…

Son rire cristallin l'extirpa de sa rêverie. Mais quel crétin il était ! Il fallait qu'il se ressaisisse tout de suite. La petite enquête qu'il avait menée à propos du garde du corps de Théa, Alexis, lui prouvait qu'il avait affaire à une menteuse. Un instant de faiblesse était pardonnable. De là à oublier qui elle était ? Pas question. Les mensonges, les faux-semblants, les manipulations, il n'en avait que trop subi la perversité. « Si tu convaincs ta mère de venir pour ton anniversaire, je t'achèterai un petit chiot. » Comme s'il avait pu exercer une quelconque influence sur cette femme ! Non, sa mère n'était pas venue fêter l'anniversaire de son unique enfant. Et lui n'avait jamais eu de chien.

— Nous devrions y aller, Théa, annonça-t-il en ignorant l'arrière-goût acide qui subsistait au fond de sa gorge.

Il fit signe à l'infirmière de les rejoindre et ajouta :

— Tu as l'air fatigué, papa.

Son père haussa les épaules avec agacement et indiqua à l'infirmière d'attendre.

— J'aurai tout le temps de me reposer quand je serai mort.

Hector ne s'adressait pas à lui, observa-t-il. Il n'avait pas quitté Théa des yeux. Tout sourire, il poursuivait son numéro de charme comme si son fils n'était pas là. Après tout, il aurait eu tort de s'en priver, puisqu'il bénéficiait d'un public très bienveillant… Théa se mit à rire à l'un de ses bons mots, et il parut aux anges. Christo se retint de lever les yeux au ciel.

— Vous êtes bien trop gentille avec un vieux débris comme moi, dit-il en tapotant la main qu'elle avait posée sur son genou. C'est si rare et si précieux, la beauté…

Sur ce point, Christo devait bien tomber d'accord avec lui.

Théa était radieuse. Son teint éclatant soulignait la magie lumineuse de ses grands yeux caramel et de sa chevelure d'ébène. Elle portait un blazer très chic, couleur crème, sur un jean brut. Une tenue simple, à la fois décontractée et élégante.

— Un vieux débris qui ne renonce pas à plaire, murmura Christo.

Son père lui renvoya aussitôt une moue désapprobatrice. Voilà : ça, c'était son père, celui qu'il connaissait. Celui qui ne l'avait jamais encouragé. Ni complimenté. Celui qui, tout au long de sa jeunesse, lui rappelait sans cesse qu'il était une erreur, un enfant non désiré qui aurait mieux fait de ne pas venir au monde.

— Je me contente de dire la stricte vérité, protesta-t-il. Théa est sublime. Elle a hérité de la beauté de Maria.

Christo serra nerveusement les poings. Hector Callas avait passé sa vie à cabotiner, à se complaire dans ses caprices, à fuir toute forme de responsabilité. Il avait fait passer ses petits plaisirs avant l'héritage qu'il devait à son fils : l'entreprise familiale. C'était à cause de lui que Christo avait dû trouver un arrangement avec cet escroc de Tito Lambros. Pour sauver Atlas Shipping. En cet instant, la tentation était forte de le lui rappeler devant Théa. Christo n'en ferait rien, pourtant. Si la jeune femme savait que lui et Atlas ne devaient leur salut qu'à son père… Elle exploiterait cette information.

— C'est vrai ? Vous avez connu ma mère ? demanda-t-elle en levant vers Hector un regard adorateur.

— Le cercle des affaires à Athènes est très réduit, confirma-t-il. Nous nous connaissions tous, à l'époque.

Raison pour laquelle son gros naïf de père avait cru pouvoir emprunter de l'argent à une « vieille connaissance » et ignorer les conditions contractuelles du prêt, jusqu'au moment où il était trop tard pour faire marche arrière, et où les vautours se jetaient sur lui…

— Un véritable oiseau de paradis, votre mère, roucoula-t-il. Et votre père qui voulait la mettre en cage… Enfin, il n'a pas réussi. Elle s'est enfuie.

— Et… Vous trouvez que je lui ressemble ? demanda timidement Théa.

— Vous êtes son portrait craché. Est-ce que mon fils essaye de vous mettre en cage ?

Eh bien ! Le vieux renard n'était pas fou. Il devait avoir eu vent des circonstances dans lesquelles Christo avait demandé la main de Mlle Lambros.

— Oh ! pourquoi dire une chose pareille de votre propre fils ? demanda-t-elle d'un ton de reproche. Il m'emmène à New York !

Hector la dévisagea en secouant lentement la tête.

— Il existe de jolis mensonges. Et des jeunes femmes à la tête très bien faite… Vous êtes intelligente. J'étais certain que vous feriez une parfaite épouse pour lui.

Christo manqua s'étrangler. Quel culot ! De la part de l'homme qui avait failli le priver de ce qui lui revenait de plein droit. De la part de celui qui l'avait rejeté, tout en se battant comme un vulgaire chiffonnier avec sa mère.

Il posa une main sur l'épaule de Théa et murmura :

— *Koukla mou*, nous prenons l'avion ce soir. Il vaudrait mieux partir.

— Reviens bientôt, dit Hector… Et n'abandonne pas cette charmante jeune femme trop longtemps, pendant que tu vaques à tes affaires. Sinon, elle risque de s'enfuir, elle aussi.

— J'ai une petite surprise pour toi, avant que nous partions. Suis-moi.

Méfiante, la jeune femme lui emboîta le pas. Christo

alluma la lumière de son grand bureau, fit le tour de sa table de travail et tomba dans son grand fauteuil.

Face à lui, Théa restait sur ses gardes. Ils n'avaient échangé que des propos futiles, depuis leur retour de chez Hector, et il la sentait distante depuis leur baiser. Distante… voire hostile.

— Approche, insista-t-il avant d'appuyer sur l'un des boutons de l'Interphone.

C'était à croire qu'elle détestait les surprises, songea-t-il en la voyant rester immobile, telle une proie avertie du danger.

Un homme entra dans le bureau. Grand, le corps puissant mais svelte, le visage émacié. Christo le reconnut. C'était un agent que Raul avait déjà employé auparavant à leur service. Peu bavard. Taciturne. Extrêmement discret et… incorruptible. Le candidat idéal à ce poste : Raul avait bien choisi. Théa ne ferait pas obéir cet homme-là au doigt et à l'œil, contrairement à ce qu'elle avait fait avec les précédents.

— Théa, dit-il, je te présente Sergei Ivanov.

Un pli barra le front de son épouse, tandis qu'elle dévisageait le nouveau venu.

— Qui est-ce ? demanda-t-elle en se retournant vers lui.

— Ton nouveau garde du corps, déclara-t-il en s'enfonçant plus confortablement dans son fauteuil.

Un éclair furieux s'alluma dans ses yeux, et elle aboya :

— Je ne veux pas de lui. Je veux Alexis.

Enfin. La partie d'échecs commençait, pensa-t-il, satisfait.

Il s'était intéressé à l'agent auquel elle semblait tellement attachée. Par pure curiosité : jamais il n'aurait été assez stupide pour le recruter. Le fait qu'elle le réclame encore lui donnait raison. Elle avait entretenu avec lui une complicité inhabituelle – et coupable.

— Les références de Sergei sont excellentes, argua-t-il.

— En tant que quoi ? Geôlier dans une prison classée en sécurité maximale ? rétorqua-t-elle en le fusillant du regard.

— Tu m'as dit toi-même que tu étais habituée à la présence d'une garde rapprochée, lui rappela-t-il en feignant l'innocence. Sergei est là pour ça. Pour assurer ta sécurité.

— Je ne me sens pas en sécurité avec lui, déclara-t-elle. Je veux…

— Alexis, je sais, la coupa-t-il.

Il se leva et vint planter son regard sévère dans le sien.

— Je me demande pourquoi tu tiens absolument à l'avoir lui, et pas un autre. Y a-t-il quelque chose que tu as oublié de me dire ?

Elle pâlit. Puis, elle haussa négligemment les épaules.

— Non. Quand on est sans cesse accompagné d'une personne qui est là pour vous protéger, on veut pouvoir être en confiance. C'est tout. J'ai confiance en Alexis.

— Hmm… Peut-être, mais malheureusement ton Alexis n'est pas disponible.

Comme elle semblait se détendre un peu, il enchaîna :

— Il est en cavale. Ton père affirme qu'il lui a volé cinquante mille euros.

— Non !

Son cri, strident, était venu du cœur. Cette fois, toute couleur quitta le visage de Théa qui, livide, alla s'appuyer contre un mur. Christo en fut sidéré. Allait-elle s'évanouir ?

Il ne s'était pas attendu à une réaction si violente, et se précipita vers elle en même temps que Sergei. Chacun la soutint par un bras, et ils la conduisirent vers un fauteuil.

— Alexis n'est pas un voleur, lâcha-t-elle d'une voix vibrante.

Christo tourna les yeux vers Sergei et murmura :

— Veuillez nous excuser, s'il vous plaît.

L'homme hocha la tête et sortit aussitôt.

— Je me rappelle avoir entendu exactement les mêmes mots sortir de ta bouche pour ta propre défense, objecta Christo dès qu'ils furent seuls.

Quand cesserait-elle de nier ? C'était ridicule, et voué à l'échec.

— Je crois que ton flair en matière de placements est une pure élucubration, et que tu as volé les quatre millions. Avec l'aide d'un garde du corps corrompu. Tu ne fais que me mentir, Théa ! Alors que je me fiche de ce que tu as pu faire avant notre mariage, et que je ne te demande qu'une chose : la vérité. La franchise n'est pas négociable avec moi. Or, tu n'as pas été sincère une seule fois ! Pas une !

Comme elle levait vers lui son visage aussi mutique que livide, il sortit une bouteille d'ouzo de son bar, en remplit un petit verre et le lui tendit.

— Bois ça.

La jeune femme l'ignora. Dressant le menton, elle se releva et se dirigea droit vers la porte du bureau. Avant de partir, elle se tourna vers lui et conclut :

— Tu veux que je sois sincère ? C'est ça ? Voici une vérité. Je déteste l'ouzo !

Christo ferma les yeux tandis que la porte claquait.

Sur un chemin qu'elle empruntait chaque jour pour faire son jogging, Théa tâchait de tenir son rythme et d'évacuer les énergies négatives. La ville était sublime. Admirer les buildings les plus célèbres du monde se découpant entre les arbres centenaires de Central Park… c'était magique. La vue depuis le penthouse de Christo, idéalement situé dans un immeuble Art déco de Lexington Avenue, était spectaculaire. Au cœur de Manhattan et de son énergie communicative, elle aurait dû se sentir au septième ciel… Pourtant, depuis cinq jours, Théa n'avait envie de rien, sinon de dormir – un comble, dans « la ville qui ne dormait jamais ».

Sergei la suivait à distance raisonnable, et elle sentit sa médaille de saint Christophe danser sur sa chaîne en or, autour de son cou, comme elle accélérait.

Alexis était en fuite… Et elle ne pouvait rien faire pour l'aider depuis New York. La ville que sa mère voulait tant lui faire visiter. La ville qu'elle avait rêvé de découvrir un jour avec quelqu'un qu'elle apprécierait…

Christo ne lui adressait quasiment plus la parole, depuis la scène dans son bureau, à Athènes. Il se contentait de l'informer de l'heure à laquelle il rentrerait, d'un ton clinique.

Théa courut plus vite. Encore plus vite. Et encore. Enfin, elle sentit l'air lui brûler les poumons. Enfin elle sentit sa poitrine se déchirer sous l'effort. Mais elle voulait pousser davantage ses muscles. Les exploiter, les vider. Tenir encore un peu plus longtemps. Elle poursuivit sa course. Elle allait pulvériser ses records, décida-t-elle en torturant ses cuisses, ses genoux et son cœur, et en enfonçant les ongles dans ses paumes.

La douleur devint insoutenable en même temps que sa vision se voilait. Sa tête lâchait. Un vertige associé à la perte de l'équilibre… Le ciel tournoya, avec les bancs, les pelouses, les autres joggeurs.

— Mme Callas !

Pliée en deux, Théa entendit à peine le cri de son garde du corps, tant ses oreilles bourdonnaient. L'instant d'après, les bras puissants de Sergei la soutenaient, et elle se laissa guider vers un banc. Il lui tendit une gourde, et elle avala plusieurs gorgées d'eau. Lentement.

— Vous vous sentez bien, madame ? J'appelle un médecin ? Je viens de prévenir M. Callas.

— Oh non ! geignit-elle. Je n'ai pas besoin de M. Callas. Je vais juste rentrer à l'appartement et me reposer.

Une pluie légère se mit à tomber au moment où ils regagnaient le bel immeuble. Le portier leur sourit, et Théa lâcha un soupir de soulagement en entrant dans l'ascenseur. Sa vieille ennemie, la panique, venait de surgir des ténèbres pour la suivre pas à pas… Mais elle ne la laisserait pas gagner.

— Vous êtes certaine que vous n'avez pas besoin de médecin ? insista Sergei en la suivant dans l'appartement, en direction de sa chambre.

— Oui. J'ai juste un peu trop poussé, expliqua-t-elle.

En général, une violente crise de panique en annonçait d'autres. Dès qu'elle serait seule dans la chambre, elle ferait ses exercices de respiration. Elle se promit de les reprendre à un rythme quotidien.

À peine fut-elle parvenue dans sa suite qu'Anna se précipita dans sa chambre et la dévisagea avec inquiétude.

— Oh ! madame… C'est ma faute. J'aurais dû insister pour que vous mangiez ce matin !

— Voyons, Anna, vous n'y êtes pour rien. Et je vous en prie, appelez-moi Théa. J'ai juste besoin d'une douche et d'un café.

— Non, je vous apporte de quoi manger, conclut Anna d'un ton déterminé.

Théa sourit et passa dans la salle de bains. La luxueuse cabine de douche était munie de jets de vapeur qui l'aidèrent à se relaxer. Même si son cœur battait toujours à coups redoublés… Comment aider Alexis ? Son père osait prétendre qu'il avait volé la modeste somme qu'elle avait négociée *pour elle* en guise de dédommagement, parce qu'on la forçait à épouser Christo…

Au fond de sa tête, une insidieuse petite voix lui souffla

que ce dernier pourrait peut-être l'aider. *Absurde*, songea-t-elle, enveloppée dans son peignoir, en découvrant le copieux petit déjeuner déposé par Anna sur son immense lit. Distraitement, elle s'assit, attrapa un bagel chaud et en croqua une bouchée, tout en fixant la vue sur Central Park.

— Sergei m'a appris que tu avais eu un malaise.

Elle sursauta et tourna la tête vers la porte. Christo se tenait sur le seuil. Le vert intense de ses yeux était presque noir. Il arborait et un visage grave. Dans son costume italien bleu marine, rasé de près, les cheveux impeccablement coiffés en arrière, sauf une mèche rebelle qui barrait son front bronzé… il était plus séduisant que jamais.

— Il n'y avait aucune raison de te déranger pour si peu, répondit-elle. J'ai poussé un peu fort, voilà tout.

— Sergei n'en croit pas un mot.

Irritée, elle haussa les épaules.

— Je me fiche de ce que les gens croient.

Sans répondre, il approcha d'elle et posa le revers de sa main fraîche sur son front. Ce simple contact alluma un brasier dans son ventre.

— Il me semble que tu n'as pas de température, dit-il. Je devrais quand même appeler le médecin.

Il s'assit sur le lit, à côté d'elle, et plongea son regard dans le sien. Théa frémit.

— Bien sûr que non. Je ne suis pas en sucre : tu vois bien que ce n'était qu'un petit malaise. Pas de quoi sonner le tocsin. Tu n'aurais pas dû te déranger, Christo…

Pourtant, elle était troublée. Il avait quitté son travail pour venir immédiatement la voir. Si peu de gens s'inquiétaient de son bien-être ou de sa santé… Dans la maison de son père, le personnel avait reçu pour instruction formelle de garder leurs distances avec la fille du maître. Il s'arrangeait pour que les femmes de chambre et le jardinier ne restent jamais plus d'un an, afin que toute amorce de connivence, toute amitié naissante soit tuée dans l'œuf. Qui se souciait d'elle ? Alexis et Elena.

Ces derniers jours, elle avait certes apprécié la gentillesse de Sergei et d'Anna, mais… c'était différent.

— Je vais annuler le dîner de ce soir, annonça Christo en sortant son mobile de sa poche.

— Non, s'il te plaît. Ne changeons rien à l'ordre du jour.

— Vraiment ?

Ces deux syllabes, prononcées de sa voix masculine et suave, rampèrent sur la peau de Théa, envoûtantes. Son regard l'hypnotisait. Ils se tenaient tout près l'un de l'autre, sur le lit. Elle, nue sous son peignoir… Lui, sublime, dans son costume. Son corps réagissait de telle façon qu'elle commençait à sentir la sueur lui perler au front. Oui, elle avait très chaud.

— Vrai… Vraiment, répondit-elle d'une voix altérée par le trouble qui gagnait chaque atome de sa chair.

— Théa…

Mille frissons coururent dans son cou, lorsqu'il prononça son prénom avec volupté. Elle ferma les yeux et accueillit son baiser avec fièvre. Aspirant ses lèvres, elle plongea les doigts dans sa soyeuse chevelure, l'attirant plus étroitement contre elle. Elle était affamée de ce baiser. Enroulant la langue autour de la sienne, elle se perdit dans le plaisir. Enflammés, ses sens lui procuraient des sensations à la fois inconnues et exquises, et plus elle l'embrassait, moins elle était assouvie.

Christo laissa échapper un grondement rauque en roulant sur elle, et dès qu'elle sentit sa main passer dans l'échancrure du peignoir, elle se cambra. Tout son corps réclamait – exigeait – cette caresse. Gonflés de désir, ses seins se tendaient vers lui, pour lui, et elle ne put retenir un gémissement, lorsque ses doigts effleurèrent ses tétons dardés. Des ondes jaillirent en elle, surpuissantes. Il agaçait ses seins par des mouvements circulaires, produisant dans sa chair un tsunami de sensations inédites.

— Oh oui ! oui ! hoqueta-t-elle avant de se figer.

Son élan fut brisé net : Anna s'éclaircissait la voix, dans l'encadrement de la porte.

— Je… Je suis navrée. Les œufs brouillés…

— Pas maintenant ! rugit Christo sans se retourner. Laissez-nous, s'il vous plaît.

— Excusez-moi, balbutia la malheureuse avant de disparaître.

Trop tard. Le charme était rompu – ou plutôt, le sortilège. Théa se sentit soudain… dévastée.

Bon sang ! qu'était-elle en train de faire ? Avait-elle perdu la tête ? La seule et unique raison pour laquelle elle se trouvait ici, c'était parce que son père l'avait vendue. Pour conclure une affaire. Ce mariage n'avait pas d'autre sens, et il était temps qu'elle s'en souvienne.

Profondément troublée, elle releva les yeux vers Christo. Son regard embué de désir lui disait qu'il était prêt à continuer, et la tentation de lui céder était forte, mais…

— Tu ne devrais pas retourner à ton bureau ? demanda-t-elle très bas.

Il lui sourit d'un air enjôleur.

— Je pourrais rester, susurra-t-il.

— Non…

Elle s'extirpa de son étreinte. Puis elle s'assit sur le lit, referma son peignoir et le noua chastement sur son corps encore tremblant de désir.

— Retourne dominer le monde, conclut-elle avec un petit sourire.

À son tour, il se redressa et rajusta son costume. Après

avoir passé une main dans ses cheveux hirsutes pour les discipliner, il lui rendit son sourire.

— La domination du monde est moins intéressante en ton absence, répliqua-t-il.

Sur ces mots, il déposa un baiser rapide sur son front.

La complicité fragile qui revenait entre eux la rasséréna. À cet instant, elle réalisa que sa crise de panique ne résultait pas seulement de son inquiétude pour Alexis, mais aussi des cinq jours de guerre froide qu'elle venait de vivre avec Christo.

— À ce soir, conclut-il en quittant sa suite.

Elle acquiesça d'un hochement de tête.

Difficile de savoir exactement pourquoi, mais elle se sentait mieux.

Beaucoup mieux.

8.

Christo raccompagna chacun de ses invités.

— Salue Hector de ma part, à ton retour.

Il entendit cette phrase en serrant plusieurs mains et se contenta d'afficher un sourire affable.

Autrefois, son père était le roi de n'importe quelle soirée. Plein d'esprit, beau parleur, doté d'un sens de l'humour remarquable… Il excellait dans l'art de la séduction et quand il recevait, il ne regardait jamais à la dépense. Christo observait plus de réserve, mais il tenait à exprimer sa loyauté envers tous les soutiens new-yorkais d'Atlas Shipping. C'était une soirée de travail – non dénuée d'agréments. Et malgré l'heure avancée, il n'en avait pas terminé… Ses confrères concernés par un partenariat avec le Japon avaient décidé de se retrouver dans un club pour en discuter. Certaines de leurs épouses ou compagnes partaient finir la soirée de leur côté. Théa accepterait peut-être de prendre un café avec lui avant de les suivre.

Une perspective risquée, dans la mesure où il ne parvenait pas à dompter le désir qu'elle lui inspirait. Pourtant, il savait que c'était une menteuse.

Certes, son banquier lui avait confirmé que le placement qu'elle lui conseillait, dans la start-up d'énergie solaire, était excellent. Grâce à cette information, il pourrait engranger jusqu'à plusieurs millions.

Une information déconcertante. Plus que jamais, Théa représentait une énigme – et Christo détestait les énigmes.

Il hésita, en la voyant saluer leurs hôtes. Sa longue robe noire était très simple, et pourtant la jeune femme irradiait de beauté, éclipsant les tenues plus sophistiquées des autres. Elle s'éloigna vers la salle à manger, et il confirma à l'un de ses plus anciens confrères qu'il les rejoindrait au bar très chic d'un établissement de l'Upper East Side.

Puis, il alla rejoindre Théa. Il fronça les sourcils en la trouvant en train de moucher les bougies : elle avait les doigts noircis.

— Tu vas te brûler, dit-il.

— Non, j'ai l'habitude.

Un bref silence pesa entre eux, tandis qu'elle poursuivait son tour de table.

— Je voulais te remercier pour ce soir, reprit-il.

Elle avait tenu son rôle d'hôtesse avec grâce et bonne volonté.

— Il n'y a aucune raison. J'ai fait ce que j'avais à faire, répondit-elle d'un ton absent.

Il commençait à sentir sa gorge se nouer. Elle était si belle… Sa poitrine ronde moulait la soie de sa robe, qui soulignait la finesse de sa taille et la longueur de ses jambes. Toute la journée, il avait cherché à chasser de son esprit leurs préliminaires interrompus… En vain. Sa frustration était à son comble. Son désir devenait de plus en plus difficile à dompter.

— Si, il y a une raison, insista-t-il. Tu es souffrante, et je suis très sensible à l'effort que tu as fourni pour que la soirée soit réussie.

— J'ai l'habitude. Cela n'a rien de très différent de ce que mon père attendait de moi.

Il détestait la comparaison avec Tito. De même qu'il

ne supportait pas cette froideur dans sa voix. Sa distance. Où donc était passée la passion qui s'était emparée d'elle dans la matinée ?

— J'ai pensé que tu voudrais peut-être prendre un café avec moi, avant que je sorte les retrouver. Et peut-être avant que tu rejoignes ces dames… Ça te tente ?

— Non. Je me sens fatiguée. Je leur ai promis de me joindre à elles une autre fois. Et comme j'ai envie d'aller me coucher, je ne pense pas qu'un café soit une bonne idée. Mais j'espère que tu vas passer un bon moment avec tes confrères.

Ne lui laissant aucune chance de la faire changer d'avis, elle moucha la dernière bougie. Puis, elle lui fit un petit geste d'au revoir et conclut :

— Bonne nuit, Christo.

Théa se réveilla en sursaut et se redressa sur son lit, en sueur, le souffle court. Elle se passa une main sur le front chaud et rabattit les mèches qui lui collaient au visage. Ses doigts lui faisaient mal. Elle les avait salement brûlés sur les bougies.

Bon sang ! le rêve qu'elle venait de faire paraissait si réel… Nue dans les bras de Christo, elle s'abandonnait à ses caresses. L'émoi ne l'avait pas quittée : son cœur battait sur un rythme frénétique, ses seins étaient gonflés, son entrejambe humide…

Elle tendit le bras vers la table de chevet pour attraper son mobile et consulter l'heure. L'écran lui indiqua au même moment qu'il était 2 heures du matin et qu'elle avait un nouveau message.

Son rythme cardiaque s'emballa de plus belle. Alexis ? Hélas ! son espoir fut de courte durée. C'était Demetri qui lui avait écrit.

Tu prends ton temps.

Il faisait allusion aux renseignements que son père l'avait priée de lui fournir à propos de l'entreprise de Christo. Mais elle ne voulait pas être mêlée à leurs histoires. Elle savait bien que si son père et Demetri avaient besoin de savoir quelque chose, c'était dans une intention malhonnête.

Les doigts tremblants, elle rédigea sa réponse :

Va pourrir en enfer.

Immédiatement, l'écran s'alluma.

Mon voisin sera Alexis si tu ne nous donnes pas ce qu'on te demande.

Un nœud se forma dans sa gorge, et elle déglutit avec peine. Voilà. Les menaces. Comme toujours. D'abord ils avaient déposé plainte contre lui, et les charges étaient si lourdes sur le plan pénal que son pauvre frère risquait la prison. Ils avaient promis de lever leurs infectes accusations si elle épousait Christo. Loin de tenir parole ils osaient maintenant accuser Alexis de vol. Ainsi, Théa n'avait pas quitté la case départ. Elle en était au même point…

Durant un moment, elle se roula en boule sur le lit. Mais elle refusait de pleurer sur son sort au lieu d'agir. Elle n'en pouvait plus d'être réduite à la passivité. Son estomac se mit à gargouiller, et elle regretta de ne pas avoir mangé convenablement. Un petit sandwich avec un verre de lait ou une pomme l'aiderait sans doute à retrouver le sommeil. Elle se leva et ne put s'empêcher d'admirer Manhattan illuminé depuis la baie vitrée du salon. À n'importe quelle heure, la ville bourdonnait d'excitation, d'énergie. Elle chercha le sommet de l'Empire State, illuminé de rouge. Puis celui du Chrysler. Un silence de plomb régnait dans tout l'appartement – contraste saisissant avec l'agitation qu'elle devinait au-dehors, par-delà le parc, dans les quartiers touristiques.

Une fois dans la cuisine, elle ouvrit le réfrigérateur et en sortit du pain, du fromage, des cornichons et du lait. Puis elle s'installa à table pour savourer cette bienfaisante collation. Sergei et Anna dormaient à poings fermés, Christo n'était probablement pas encore rentré… Tant mieux. Elle ne savait plus comment se comporter en sa présence. Elle ne comprenait pas pour quelle raison elle était si troublée par cet homme. Mieux valait qu'elle l'évite. De toute façon, d'ici une dizaine de jours ils rentreraient en Grèce, et elle renouerait avec la routine : chercher un moyen de localiser Alexis pendant que son mari travaillait dans ses bureaux d'Athènes.

De toute évidence, jusqu'ici, elle n'avait pas opté pour la bonne tactique. Sans doute avait-elle besoin d'un spécialiste de la recherche. Un détective privé ? Peut-être que Sergei pourrait l'aider… Anna lui avait appris qu'il avait été en mission auprès de forces spéciales liées au renseignement, dans un pays dont elle ne se rappelait plus le nom.

Seulement, comment parvenir à convaincre cet homme de lui donner un coup de main ? Non seulement il était employé par Christo, mais il se montrait de plus très réservé.

En retournant dans sa chambre, Théa dressait une liste d'arguments possibles pour le rallier à sa cause. Des arguments aussi mauvais les uns que les autres… Non, c'était voué à l'échec. Même si elle ne savait pas où trouver un détective privé, sans doute était-il préférable de… Elle s'interrompit. Dans le couloir, elle aperçut un rai de lumière, sous la porte du bureau de Christo.

Retenant son souffle, elle s'approcha sur la pointe des pieds. Des murmures s'échappaient de l'entrebâillement. Deux voix. Celles d'un homme et d'une femme. Théa fronça les sourcils en percevant un gloussement. Son cœur se remit à battre à coups lourds.

Son inexpérience ne la rendait pas stupide, et elle était parfaitement capable de comprendre le sens des bruits étouffés qui lui parvenaient. Soupirs, frottements, respirations saccadées…

Incroyable ! Comment osait-il ? Le fait que leur mariage ne soit qu'un arrangement, une simple convention, ne l'autorisait pas à l'humilier ainsi, sous son toit ! À sa colère s'ajoutait un autre sentiment, une émotion sournoise qui lui donnait la nausée.

— *Agapi mou…*

Scandalisée, horrifiée, elle s'arrêta sur le seuil. Quel odieux personnage ! Ignorant la lame qui s'enfonçait dans sa poitrine, elle se laissa guider par la rage et ouvrit la porte à toute volée.

Une pile d'objets dégringola du bureau de Christo, en même temps que Théa découvrait une femme penchée en avant, la culotte sur les chevilles, et… Sergei.

— Mme Callas ! Je… Je peux tout vous expliquer, lâcha Sergei en se plaçant devant Anna, qui reboutonnait sa robe en toute hâte.

Théa leva une main pour l'en empêcher. Ce qu'elle venait d'interrompre avait à peine commencé, et son soulagement était si intense qu'elle n'avait ni envie ni besoin de savoir pourquoi ces deux-là avaient choisi de s'installer ici.

En revanche, elle regarda attentivement Sergei qui coulait un coup d'œil protecteur en direction de la gouvernante. Et elle vit une infinie tendresse dans l'expression d'Anna. Il ne s'agissait pas d'une aventure, non… Il n'y avait aucun doute : ils étaient follement amoureux l'un de l'autre.

— Vos explications seraient inutiles, répondit-elle d'un ton ferme. Nous ne reparlerons jamais de cet incident. Mais Sergei, vous allez me rendre un service. J'ai besoin que vous retrouviez Alexis Anastos pour moi. Et vous n'en direz pas un mot à M. Callas.

— S'il est toujours en Grèce, il est rudement bien caché. Et il n'y a eu aucun mouvement sur son compte en banque depuis près d'un mois.

Théa se tut, en écoutant son garde du corps lui annoncer cette mauvaise nouvelle alors qu'elle se trouvait sur la terrasse de sa suite, sous le feuillage protecteur d'un vieil olivier.

Elle reposa sa tasse de café à côté du petit déjeuner auquel elle n'avait pas touché. Malgré tous les efforts de Sergei depuis qu'ils étaient rentrés à Athènes, Alexis restait introuvable.

Raison de plus de garder son calme, s'enjoignit-elle. Même si la peur la dévorait. Sans argent, sans ressources, probablement privé de son mobile… Qu'était-il devenu ?

— Merci, murmura-t-elle. Vous pensez qu'il a pu quitter le pays ?

— Tout est possible, concéda-t-il.

Il s'éclaircit la voix et ajouta :

— Je ne suis pas très à l'aise avec cette affaire…

— Je sais, dit-elle en rougissant. Mais rappelez-vous : je garde votre secret, et vous le mien.

Elle sortit un calepin de son sac, griffonna une note sur une page qu'elle arracha pour lui tendre.

— Je veux aller là, expliqua-t-elle.

D'un geste lent, il lui rendit le papier, et elle vit le muscle de sa mâchoire se crisper.

— M. Callas a été très précis dans les instructions qu'il m'a données, et je ne crois pas que…

— M. Callas n'a pas besoin de tout savoir, le coupa-t-elle.

Bon sang ! elle n'allait pas laisser un agent de sécurité la traiter comme une fillette ! Sergei n'était ni sa baby-sitter ni son gardien de cellule ! Et si c'était dans cet esprit que Christo avait fait appel à ses services, eh bien elle refusait de devenir une potiche sous surveillance.

— Un salon de tatouage ? insista-t-il en la dévisageant avec perplexité.

— Vous savez comment vous rendre à cette adresse ?

— Oui.

Il finit par sourire et ajouta tout bas :

— C'est là que j'ai fait faire le mien.

Ils firent le trajet en voiture sans échanger une parole, mais quand elle claqua la portière, il lui lança un regard plein d'empathie et demanda :

— Voulez-vous que je vous accompagne et que je vous tienne la main ?

Théa sourit crânement.

— J'ai l'habitude. Je parie que j'ai plus de tatouages que vous.

Il accusa le choc en la considérant avec ébahissement.

— Non, j'en doute, répondit-il. Mais quand vous aurez fini, nous pourrons comparer !

Elle aimait son sens de l'humour, et elle s'esclaffa :

— Aucun risque. Les miens ne sont pas sur mes bras. À tout à l'heure, dit-elle en poussant la porte du salon, le cœur léger.

C'était son moment. Sa récompense pour un mariage forcé, et une nouvelle blessure.

Quelque chose avait changé dans le comportement de Théa. Elle semblait… plus joyeuse. Moins pensive. Christo dévisagea longuement sa femme, comme ils prenaient ensemble le petit déjeuner. Elle irradiait d'une beauté presque surnaturelle ; un peu comme certaines femmes enceintes… Il s'étonna lui-même d'avoir eu cette étrange pensée et la chassa bien vite de son esprit, tant elle était déplacée. Il ne connaîtrait jamais Théa dans cet état. D'ici un an, ils pourraient divorcer, et il y avait peu de chances qu'ils deviennent amis par la suite… Il ne serait ni le père ni le parrain de ses enfants.

Déconcerté, il la vit avaler de bon appétit une généreuse omelette, des toasts et une salade de fruits frais. Elle qui n'avait que picoré dans son assiette, à New York… Il était heureux de la voir retrouver goût aux bonnes choses.

Malgré lui, il se demanda quel plaisir on pouvait éprouver à nouer un véritable partenariat dans le mariage. Une complicité de cœur et d'esprit, s'exprimant aussi dans un lit. Il s'était toujours refusé à vivre cette expérience et pourtant… il était marié. Sans doute parce que sa relation avec Théa était si compliquée, il se surprenait à rêver du réconfort de sentir, auprès de lui, quelqu'un de sensible à ses problèmes, à ses aspirations. Quelqu'un qui lui confierait en retour ses angoisses, qui lui raconterait ses rêves.

— Il y a de nouveaux visages que tu vas rencontrer au cocktail de demain, annonça-t-il.

Théa avala une gorgée de café, et il fixa l'empreinte de son rouge à lèvres sur la porcelaine.

— Ah oui ? Par exemple ?

— Oh ! juste d'autres partenaires en affaires.

— Des amis ? s'enquit-elle.

— Non.

Un petit sourire apparut sur son visage.

— Tu n'en as donc pas ? demanda-t-elle, taquine.

Christo hésita. Elle était plus près de la vérité qu'elle ne le croyait. Il avait investi 100 % de son temps et de son énergie dans le redressement d'Atlas Shipping, depuis la fin de ses études à Londres. Ses amis étaient restés en Angleterre. Les gens qu'il voyait à Athènes étaient tous plus ou moins liés à son travail.

— Bien sûr que si, rétorqua-t-il sèchement.

Regrettant aussitôt son emportement il ajouta d'un ton radouci :

— Si tu veux, je te parlerai de tous ces gens ce soir. Nous pourrions dîner sur la terrasse, sous les oliviers.

Il avait remarqué que c'était son lieu favori ; son refuge au sein de la villa.

— Volontiers, acquiesça-t-elle.

— M. Callas ?

Il se tourna vers Anna.

— Votre voiture est prête, dit la gouvernante.

Christo hocha la tête. Le travail l'attendait. Théa se leva pour le saluer, et alors qu'elle passait devant lui, il aperçut une tâche rouge sur son T-shirt.

— Tu as du sang dans le dos, observa-t-il.

D'un geste machinal, elle passa une main sur ses reins.

— Ah ! C'est vrai, je me suis fait piquer par un moustique, hier. La démangeaison était atroce... C'est plus enflammé que ce que je croyais.

Elle sourit, mais il détecta une gêne dans son regard. Un éclat mat dans le miel de ses yeux.

— Tu veux que je vérifie ? Ou qu'Anna s'en charge ?

— Non, c'est inutile. Je n'aurais pas dû me gratter, mais ce n'est rien. J'ai de la pommade dans ma salle de bains.

Avec quelque méfiance, il se contenta de cette explication.

— Ne te mets pas en retard, enchaîna-t-elle. Et cesse de t'inquiéter pour moi. Je ne risque rien. Sergei est là pour veiller à ma sécurité... C'est pour cela que tu as fait appel à lui, n'est-ce pas ?

Sans attendre sa réponse, elle le salua d'un geste de la main et retourna à son petit déjeuner. Christo se sentit curieusement congédié, et la regarda s'éloigner d'un œil circonspect.

Une bévue d'amateur, le T-shirt blanc, se reprocha Théa en se précipitant dans sa chambre pour ôter le vêtement et le jeter sur le sol du dressing. Elle aurait dû se montrer plus prudente.

Elle alla se planter dos au miroir pour regarder son reflet. Le tatouage saignait un peu plus que les précédents, mais elle ne discernait aucun signe d'infection. Là où il était situé, sur la colonne vertébrale, il était normal qu'il soit un peu douloureux, un peu plus fragile.

Elle pivota pour contempler le tableau dans son entier : l'envolée d'oiseaux, qui filaient vers la liberté, pour symboliser l'échec de tous ceux qui avaient tenté de la mettre en cage.

Ni Christo, ni son père, ni son monstre de frère n'étaient parvenus à leurs fins. Certes, son père et Demetri n'avaient pas lésiné sur les moyens pour faire d'elle une éternelle prisonnière. D'une façon ou d'une autre, elle avait fait en sorte d'écarter les barreaux – et il en serait toujours ainsi. Chaque oiseau marquait une étape : une nouvelle tentative d'emprisonnement suivie de sa fuite. Sa victoire.

Dans quelques jours, le dernier tatouage – celui de Christo – aurait complètement cicatrisé : d'ici là, mieux valait qu'elle ne porte que des couleurs sombres. Elle attrapait un chemisier noir sur un cintre quand elle saisit un mouvement dans le miroir.

Terrifiée, elle fit volte-face.

Christo était là. Juste derrière elle.

Et il avait l'air furieux.

— Nom de Zeus ! peux-tu m'expliquer ce que c'est que ça ? tonna-t-il d'une voix de stentor.

Théa plaqua le chemisier contre elle.

— Sors d'ici tout de suite, je te prie !

Son sang s'était mis à bouillir dans ses veines.

— Tu n'as pas le droit de venir ici ! s'insurgea-t-elle.

— J'en ai parfaitement le droit ! C'est ma maison, je suis chez moi ! Peux-tu m'expliquer ce que tu t'es fait ?

— C'est mon corps, se défendit-elle. J'en fais ce qui me plaît.

Il était blême, et elle le vit serrer la mâchoire avant de poursuivre, un ton plus bas :

— Qu'est-ce que tu as fabriqué d'autre, dès que tu as pu profiter de mon absence ?

— Apparemment, ton imagination tourne toute seule, ironisa-t-elle. Je te laisse concevoir toutes les horreurs que tu veux.

— Je te suggère plutôt de bien mettre au point ta stratégie de défense. Tu vas me fournir tous les détails. Dans mon bureau, dans une heure !

9.

Il y avait des années que Christo avait perdu l'habitude d'être pris pour un idiot, et de se comporter comme le roi des naïfs. Cela ne lui était plus arrivé depuis l'enfance – depuis qu'il avait cru, encore et encore, aux promesses de ses parents. Un beau matin, c'en avait été fini : il n'accordait plus aucun crédit à la parole de quiconque. Il exigeait désormais des éléments tangibles : un engagement formel, des preuves…

Des *preuves* ? Face à lui, Théa était la preuve vivante de sa crédulité ! Elle s'était bien moquée de lui, ça oui. Mais elle ne l'emporterait pas au paradis.

— Le contrat de Sergei est terminé, déclara-t-il.

— Quoi ? Mais c'est injuste ! Il faut que tu lui rendes son poste. C'est un excellent agent de sécurité.

— Il m'a *tout* dit, Théa, gronda-t-il en la fixant droit dans les yeux.

C'était du bluff. En réalité, Sergei avait seulement concédé une erreur de jugement de sa part en conduisant Mme Callas dans un salon de tatouages. Or, Christo s'était montré très clair lors de son recrutement : Sergei n'était pas censé faire le chauffeur pour Théa. Il était plus qu'étrange qu'un homme aussi sérieux que Sergei ait soudain oublié où allait sa loyauté, sauf si… Sauf s'il avait succombé aux charmes de sa patronne.

Il n'y avait pas d'autre explication. Christo comptait bien l'entendre de la bouche de Théa, et non de celle de Sergei.

La jeune femme lui renvoyait une expression indéchiffrable. Toutes sortes d'émotions semblaient la traverser, en cet instant, mais elle finit par hausser les épaules avant de répondre :

— Eh bien oui, l'amour fait tourner la tête des hommes les plus sensés. Ce que tu ne veux pas comprendre, puisque tu ne crois pas en l'amour.

Accusant le choc, Christo serra la mâchoire. Elle ne manquait décidément pas de culot. De toutes ses forces, il voulut ignorer la douleur qui lui déchirait le poitrail.

— Oh ! je ne doute pas de ton talent à te faire « aimer » de quelqu'un qui peut te permettre d'obtenir ce que tu veux, rétorqua-t-il d'un ton acide.

Théa fronça les sourcils, puis parut stupéfaite. Enfin, elle écarquilla les yeux et demanda :

— Quoi… Moi ? Tu crois que…

Quelle comédienne !

— Ne me mens pas ! rugit-il. Tu es peut-être le portrait craché de ton père, mais je ne ressemble pas au mien. Tu comprends ce que je te dis, Théa ? Je ne tomberai pas dans ton piège !

Il était hors de lui. Tout remontait à la surface – les déceptions et les frustrations de l'enfance, les humiliations plus récentes, lorsqu'il avait fallu accepter bien des choses inacceptables pour sauver Atlas Shipping des griffes de Tito Lambros. Par exemple, épouser sa fille.

Ses courbes gracieuses, sa silhouette souple et svelte, son regard de biche et sa jolie bouche pulpeuse avaient peut-être rendu fous *tous* ses gardes du corps, mais…

— Je ne mens pas, assena-t-elle avec force. Bien que tu n'aies rien fait pour gagner ma confiance.

— Sergei était un modèle de droiture, reprit-il. Une seule raison peut amener un homme à commettre un tel impair. Toi, en revanche, tu passes de l'un à l'autre avec une rapidité singulière ! Qu'est-ce qui t'a pris ? Tu as voulu te servir de lui pour te venger de moi ? Ou bien tu l'as séduit, jetant ton dévolu sur lui uniquement parce que ton Alexis n'était pas disponible ?

Visiblement scandalisée, elle recula d'un pas et s'écria :

— Alexis est mon frère !

Christo allait répliquer, mais il se tut. Cette phrase lui faisait l'effet d'un coup de massue. Elle résonnait en écho à ce qu'elle lui avait déjà dit : « Il a été pour moi un peu comme le frère que je n'ai jamais eu. »

Mais elle n'avait qu'un frère. Encore un mensonge. Encore une invention !

— Tu veux savoir pourquoi j'ai fait ça ? ajouta-t-elle.

Sans attendre sa réponse, elle ôta sa blouse noire, la jeta par terre et se tourna. Christo regarda l'envol des oiseaux sur sa peau, les détails travaillés de leurs plumes aux couleurs vives.

— Le premier, j'avais dix-huit ans. Il est là pour toutes les fois où je n'ai pas pu voir ma mère. Toutes les fois où mon père me l'a interdit pendant que je l'entendais supplier les employés de maison de la laisser entrer. À cette époque, j'appris le pouvoir du secret et des mensonges. Ce premier oiseau me rappelle tous les sacrifices qu'elle a consentis pour moi. Le combat qu'elle a livré pour être libre.

Depuis la chute de ses reins jusque sous son omoplate, le long de sa colonne vertébrale, sur ses côtes, les oiseaux s'envolaient et semblaient joyeux. Christo les compta. Neuf. Il y avait neuf oiseaux bleus.

— Celui du milieu, le plus grand, a été le plus douloureux, enchaîna-t-elle. Mais bien moins que sa raison d'être.

Demetri m'avait promise en récompense à l'un de ses amis mafieux. Pour clore un marché.

Christo était… horrifié.

D'une voix à peine audible, il balbutia :

— Mais… Ton père…

Il l'avait forcément protégée.

Elle lâcha un ricanement amer.

— Mon père, lui, n'a jamais eu besoin de se servir de ses poings pour me tenir à sa merci. Interdiction totale de sortir. Privation de téléphone. Parfois, j'en devenais folle. J'avais l'impression de perdre l'esprit pour de bon…

De plus en plus épouvanté, Christo ne sentait plus son corps – il ne sentait plus rien, sinon un courant d'air glacial dans sa nuque.

— Celui-ci, juste au-dessus, reprit-elle, il me vient de…

— Théa, stop, l'interrompit-il, livide.

C'était plus qu'il n'en pouvait tolérer. Les images qui venaient de surgir en lui appartenaient à un scénario de cauchemar – et pourtant, pour elle, c'était la réalité.

— Ah non ! dit-elle. Tu voulais tous les détails, tu t'en souviens ? Tu m'as suffisamment reproché de ne pas te dire la vérité ? Alors, maintenant, tu m'écoutes.

Elle avait raison. En silence, il écouta. L'effroi et la colère ruaient dans ses veines tandis qu'elle lui racontait les brimades, les châtiments, les humiliations. Son père et son frère l'avaient traitée comme leur chose, leur monnaie d'échange, un vulgaire moyen de tractation. La cruauté de Tito, qui avait séparé la mère et la fille sans état d'âme, le révoltait. Il se promit de tout faire pour obtenir réparation pour elle.

— … Et cet oiseau est le tien, conclut-elle. Pour toi, Christo, mon mari adoré. Quand j'ai dit à mon père que je refusais de t'épouser, Demetri est venu dans ma chambre, les poings levés, et Alexis s'est interposé. Ils se sont battus, et Demetri a fait venir la police. C'est pourquoi…

Elle s'interrompit. Suspendu à ses paroles, Christo attendait la suite, pétrifié.

— C'est ainsi que mon père a découvert qui était Alexis. Il a voué une haine sans nom à l'enfant caché de ma mère. Et il m'a garanti qu'il l'enverrait en prison pour coups et blessures volontaires, en faisant ajouter le chef de tentative d'homicide, si je ne t'épousais pas.

Sa voix chevrotait. Ses mains tremblaient.

Il avait envie de la prendre dans ses bras, de la consoler, de trouver les paroles qui sauraient apaiser sa douleur, mais… La vérité qu'il avait tant voulu entendre lui explosait en pleine face. Il avait mal pour elle, et à son chagrin se mêlait la honte. La culpabilité.

— Et toi, reprit-elle en plantant son regard dans le sien, tu crois que je me suis servie de mon corps et de Sergei contre toi ? Quel égocentrisme ! Sergei ne mérite pas d'être renvoyé, il n'a fait que son devoir. Par amour, oui, mais de quelqu'un d'autre…

Elle baissa la tête et conclut plus bas :

— Je l'ai fait chanter. Je me suis servie de lui pour qu'il fasse ce que je voulais… C'est vrai, j'ai fini par apprendre l'intérêt du chantage.

Il la regarda ramasser sa blouse, la remettre et se diriger vers la porte.

— Mais tu n'as pas besoin de moi pour te faire l'éloge de cette méthode. En la matière, il ne fait pas de doute que tu es un expert.

Christo ne bougea pas. Il attendit que la porte se referme pour se prendre la tête dans les mains.

Christo se tenait devant la porte de la chambre de Théa, les documents dans les mains. Il frappa une nouvelle fois.

Même s'il était la dernière personne qu'elle avait envie de voir en ce moment, il refusait de la laisser seule. Il fallait qu'il lui prouve qu'il n'était ni Tito ni Demetri. Qu'elle pouvait lui faire confiance.

Comme elle ne répondait toujours pas, il se décida à tourner la poignée.

— J'ai le contrat que je t'avais promis, annonça-t-il en la voyant prostrée dans un fauteuil.

Elle était pâle. La mine défaite, elle croisait farouchement les bras sur sa poitrine.

— Il stipule que le divorce sera prononcé de façon automatique dès que mon père nous aura quittés, enchaîna- t-il. Et que tu pourras alors partir avec ton argent augmenté d'intérêts.

— Tu as un stylo ? demanda-t-elle sèchement.

— Tu ne veux pas le lire, avant ?

Il déposa la liasse devant elle, sur un guéridon, et tira un stylo de sa poche, qu'il lui tendit.

— Non, je m'en fiche, dit-elle en paraphant rageusement chaque page de ses initiales, avant de signer les deux exemplaires. Et tu peux garder tes fichus intérêts, ça ne m'intéresse pas. Je ne veux rien de toi.

Elle le foudroya du regard en lui rendant les papiers.

Il lâcha un soupir, prit un siège face à elle et déclara :

— Personne ne mérite de subir ce que tu as subi.

— Qu'est-ce que ça peut te faire ?

Elle enfonça les ongles dans la chair de sa paume, et il s'aperçut de ce qu'elle faisait. Il se rappela les bougies.

— Tu te mutiles, Théa, murmura-t-il.

Comme elle ne répondait pas, il insista :

— Ce geste, la cire brûlante, les tatouages…

— La douleur n'est pas une mutilation, opposa-t-elle. Et mes tatouages sont un souvenir. Un rappel.

— Un rappel d'événements traumatisants, précisa-t-il. Si j'avais su tout cela, je…

— Si tu avais su, le coupa-t-elle, cela n'aurait rien changé. Tu n'aurais pas agi autrement.

Christo ignora le nœud qui se formait dans son estomac. Certes, il aurait tout fait, aujourd'hui comme hier, pour sauver Atlas Shipping. Mais elle se trompait. S'il avait su… Il aurait pu lui proposer un arrangement à l'amiable dès le début. Il aurait pu l'aider à retrouver son frère.

— Parle-moi d'Alexis.

Elle parut peser le pour et le contre. Enfin, elle répondit :

— C'est mon demi-frère. Mes parents étaient promis l'un à l'autre depuis leur naissance… Un arrangement de leurs familles respectives. Mais ma mère était éperdument amoureuse et, à dix-sept ans, elle a donné naissance à Alexis. Comme elle était mineure, ses parents ont pu le lui prendre immédiatement et le proposer à l'adoption. Et elle a quand même dû épouser mon père. Il ne l'a jamais aimée… Seul son argent l'intéressait.

Christo frémit.

— Comment est-il devenu ton garde du corps ?

— Ma mère a passé une bonne partie de sa vie à tenter de retrouver son fils aîné. Leur réunion a été de courte durée, elle était déjà mourante… Et elle l'a prié de retrouver sa petite sœur, de veiller sur elle. Comme il travaillait dans le domaine de la sécurité, il a attendu qu'un poste se libère chez mon père. Le jour où il est arrivé et où il m'a dit qui il était, ma vie a complètement changé.

Elle ferma les yeux, poussa un long soupir et enchaîna, le regard rivé au sien :

— Cette histoire de vol est inventée de toutes pièces. En acceptant de t'épouser, j'ai exigé une contrepartie financière. Cinquante mille euros. Comme Alexis devait quitter le pays dès qu'il serait blanchi, le jour de notre mariage, je lui ai donné cet argent. Et… Je n'ai pas réussi à le sauver.

Un sanglot venait de l'étrangler. Accablé de culpabilité, Christo demanda :

— Tu ne sais toujours pas où il est ?

— Non, répondit-elle, désespérée. Sergei l'a cherché, mais il n'a pas trouvé trace de lui.

— Il n'a pas accès aux ressources de Raul. Je vais lui confier directement l'enquête. Si quelqu'un peut retrouver ton frère, c'est lui.

À peine eut-il prononcé ces mots qu'elle leva vers lui des yeux incrédules et pleins de larmes.

— C'est… C'est vrai ? balbutia-t-elle. Merci.

Il se releva, comme la douleur qui lui étreignait la poitrine devenait intolérable.

— Tu es souffrante, Théa, observa-t-il avec inquiétude.

— Non, je…

Il ignora ses protestations et appela tout de suite son médecin. Puis, il fit venir Anna et veilla avec elle à ce que la jeune femme s'installe confortablement dans son lit. Avant de la couvrir d'une couverture, il souleva sa blouse et jeta un rapide coup d'œil à son tatouage. Tout autour, la peau avait rosi. Bon sang ! quelle pouvait-être la gravité d'une infection ?

— Le médecin sera bientôt là, dit-il avec douceur.

Comme elle ne répondait, il ajouta très vite :

— Je… Je suis navré, Théa. Si j'avais su, si la situation avait été différente, je…

Il se passa une main dans les cheveux, furieux de se sentir impuissant à réparer le mal qu'il avait lui-même causé à cette femme qui méritait, au contraire, qu'il vienne à son secours. Il n'avait fait qu'ajouter à son malheur.

Mais les regrets et les remords ne servaient jamais à rien.

Et la partie n'était pas terminée. Théa devrait poursuivre sa vie avec un passé lourd… Si Christo n'y pouvait rien, il avait, en revanche, le pouvoir de rendre son avenir plus serein, plus joyeux.

Et puis, maintenant qu'il savait ce qu'avaient osé faire Tito et Demetri, il comptait bien s'occuper d'eux.

Dans un second temps. Le plus urgent restait de retrouver Alexis.

10.

Fuyant le ramdam du rez-de-chaussée, les traiteurs et les employés apportant la dernière touche aux buffets, Théa monta l'escalier en toute hâte pour gagner sa suite. Le grand hall d'entrée et les deux salons étaient transformés en salles de réception. Un organisateur professionnel était venu changer le mobilier de place, ne gardant en vue que les pièces Art déco, et drapant le reste de toile blanche, de telle sorte que la décoration rappelait celle des grands paquebots de la belle époque. C'était parfait pour célébrer l'anniversaire d'Atlas Shipping.

Nerveusement, elle consulta sa montre. Dans moins d'une heure, les premiers invités arriveraient. Christo tenait beaucoup à cet événement qui représentait à ses yeux une sorte de seconde naissance pour sa société. Et si elle se sentait dans un état second, ce n'était pas parce qu'elle avait le trac, à la perspective de tenir son rôle d'hôtesse de maison.

Elle se portait le mieux du monde : durant quatre jours d'affilée, grippée, elle n'avait pas quitté son lit, mais sa fièvre n'était due qu'à un virus, et son tatouage avait cicatrisé encore plus vite qu'elle n'osait l'espérer. Christo l'avait veillée comme une enfant, ne la quittant que pour la nuit. Elle était profondément touchée par la sollicitude qu'il lui avait manifestée. Avec une patience d'ange, il s'était installé à son chevet pour jouer aux échecs, lui faire la lecture, regarder des films, et lui faire boire les jus de légumes et de fruits hyper vitaminés qu'Anna lui pressait cinq ou six fois par jour. Elle avait apprécié ces moments bien davantage qu'elle ne l'aurait cru possible. Ils parlaient de leurs goûts, plaisantaient, évitaient tous les sujets fâcheux. Personne ne s'était aussi bien occupé d'elle quand elle était malade, petite fille. Et elle n'en revenait pas qu'il ait abandonné son travail pour elle. Uniquement pour la distraire et s'assurer qu'elle reprenait des forces.

Sergei avait repris son service, Anna était aux petits soins pour elle, Raul cherchait activement son frère... Et sa relation avec Christo évoluait. Elle apprenait à lui faire confiance.

Aussi tenait-elle à lui faire honneur, ce soir, et à faire en sorte que cette réception soit aussi réussie qu'il l'espérait. Mais...

Elle ignora le courant d'air glacé qui lui parcourut l'échine quand elle entra dans sa suite. Christo l'avait prévenue : ce soir, son père et Demetri seraient présents. Il s'en était excusé auprès d'elle, lui répétant qu'il était navré et qu'il n'avait pas le choix – mais il ne lui avait pas dit pourquoi. Bien sûr, Christo ignorait que les deux hommes avaient chargé Théa d'une mission de renseignement... Bah ! après tout, leur présence au milieu de douzaines d'autres personnes ne serait qu'un détail désagréable, se répéta-t-elle pour la dixième fois.

Elle resta en arrêt devant son lit en y découvrant un grand paquet siglé d'un grand créateur italien. Intriguée, elle s'apprêtait à l'ouvrir quand Anna frappa à la porte.

— Madame Callas ?

— Oh ! s'il vous plaît, appelez-moi Théa.

La gouvernante sourit et brandit un sac plus petit, aux armes d'un bijoutier parisien, accompagné d'une enveloppe.

— De la part de M. Callas, dit-elle.

Théa ouvrit le message et lut : Porte-les ce soir.

— J'ouvre ? demanda-t-elle en souriant.

Visiblement très excitée, Anna acquiesça vivement.

Dans un ravissant écrin de velours, elle découvrit d'extraordinaires pendants d'oreilles en diamants, dont la pierre principale, en forme de goutte, lui rappela celle d'une larme.

— Oh ! mon Dieu..., murmura-t-elle en les caressant avec révérence. Je n'ai jamais vu de diamants aussi purs, et assemblés avec tant de finesse. C'est extraordinaire.

— Oh ! mettez-les, madame... Théa ! Mettez-les ! la supplia Anna.

Elle se pencha au-dessus de la console du petit salon pour enfiler les deux superbes boucles d'oreilles qui scintillèrent de toute leur beauté autour de son visage, lui offrant leur lumière.

— Qu'est-ce que vous en dites ?

La gouvernante s'approcha et joignit les mains.

— Comme il vous connaît bien ! Elles ont exactement la forme qui convient à votre visage. Elles vous vont à merveille.

Théa hocha la tête, émue par ce cadeau qui n'était pas seulement une pure folie... Anna avait raison : il s'était donné du mal pour trouver un bijou unique, qui lui irait à la perfection. Jamais elle n'avait reçu un cadeau aussi précieux.

Le cœur battant, elle alla ouvrir le grand sac. Anna et elle s'exclamèrent lorsqu'elle déplia une extravagante robe de soie rouge. Un rouge cramoisi, profond et pur, comme elle n'en avait jamais vu. La couleur à elle seule était un bijou, mais… Théa resta sans voix en examinant la coupe. Le col bateau, très élégant, mettait en valeur le drapé tombant au niveau des chevilles, mais une fente latérale donnait de la sensualité au vêtement qui… Le dos. C'était une robe à dos nu. Christo avait-il perdu la tête ? Si elle portait cela, elle révélerait à tout le monde son tatouage…

La gorge serrée, elle ouvrit une seconde boîte qui contenait des sandales à talons hauts, parfaitement assorties à la robe et aux bijoux avec leurs lanières dorées incrustées de pierres rouges.

— Vous ne les essayez pas ? s'impatienta Anna, visiblement conquise par le choix de Christo.

— Si, répondit Théa, qui ne voulait pas la décevoir.

Elle passa dans la salle de bains pour enfiler la tenue, et revint dans la chambre.

— Que vous êtes belle ! déclara la gouvernante, tandis que Théa, épouvantée, regardait le reflet de son dos dans le miroir de la cheminée.

La volée d'oiseaux bleus n'avait jamais été aussi bien mise en valeur. Un mélange de fierté et de terreur l'envahit. Parfois, au cours de ces derniers jours, elle avait eu le sentiment que Christo la comprenait. Alors pourquoi, *pourquoi* diable voulait-il qu'elle exhibe son secret ?

Non sans hésitation, Théa descendit l'escalier. *Allons, courage !* pensa-t-elle en se dirigeant vers le grand hall, tandis que la soie de sa robe caressait ses hanches et ses chevilles de son extrême délicatesse. Une vingtaine de personnes étaient déjà massées dans la pièce. Les gens bavardaient en souriant, des serveurs en livrée distribuaient de flûtes de champagne, et elle songea qu'il était temps qu'elle se détende un peu.

— Théa.

Cette voix, chaude et caressante, fit naître une myriade de frissons à la surface de sa peau.

Réconfortée par sa présence, elle se tourna vers Christo, qui lui prit la main pour la porter à ses lèvres, en vrai gentleman. Puis, il sourit en la couvant d'un regard admiratif.

— Tu es splendide. Je comprends pourquoi le rouge est ta couleur favorite.

— Merci, dit-elle tandis que ses joues rosissaient. Mais tu n'aurais pas dû. Tes cadeaux sont… beaucoup trop luxueux.

— Pas du tout. C'est le minimum que je puisse faire pour t'exprimer ma gratitude, étant donné tous les sacrifices auxquels tu consens pour moi. Et surtout, j'espère que tu *te* plais.

Elle sourit.

— Quel dommage que ton père ne puisse pas être parmi nous ce soir, soupira-t-elle.

Elle appréciait Hector. Et elle aurait aimé continuer à évoquer sa mère avec lui. Soudain, elle fronça les sourcils et se retourna vers lui.

— Et ta mère ? Elle n'est pas ici pour porter un toast à ton succès ?

— Ma mère ?

Il lâcha un ricanement amer avant d'enchaîner :

— Elle s'en fiche comme de sa première chemise. À ses yeux, j'étais un enfant impossible. Pourquoi devrait-elle feindre de m'accorder le moindre intérêt, désormais ? Cette femme a la fibre maternelle d'un tracteur.

Ce n'était pas la première fois que Théa réalisait à quel point Christo était isolé. Elle, au moins, avait pu se construire grâce à l'amour de Maria, et à l'affection sans faille d'Alexis et d'Elena. Lui n'avait pas cette chance. Pas de frère, pas de sœur, une relation difficile avec ses parents, pas d'amis… Son cœur se mit à saigner pour lui. Elle avait envie d'en savoir davantage au sujet de cette mère indigne, mais le lieu et le moment étaient mal choisis pour des confidences.

— Christo, je…

Il lui prit le bras et l'interrompit avec douceur :

— Viens. Allons remercier nos invités.

Elle se fraya un chemin auprès de lui parmi la foule. Chacun se montrait souriant, et elle reçut tant de compliments qu'elle se promit de ne plus dissimuler son tatouage. Personne ne lui posa de question, et elle ne surprit aucun coup d'œil déplacé, aucun murmure critique.

Au bout d'une demi-heure, Christo consulta discrètement sa montre et se pencha à son oreille.

— Surveille l'entrée, lui conseilla-t-il. Et prépare-toi à aller t'amuser un peu. Tu as suffisamment tenu ton rôle de maîtresse de maison, et tu mérites une récréation.

Théa le dévisagea avec curiosité.

— Que je surveille l'entrée ?

Le regard vert de Christo pétillait.

— Elena était prise ce soir, mais elle m'a dit qu'elle tenterait de passer.

— C'est vrai ? Elena va venir ?

Une joie pure se répandit dans son cœur. Son amie lui manquait !

— En principe, oui, confirma-t-il.

— Oh ! merci de l'avoir invitée, répondit-elle.

Elle se hissa sur la pointe des pieds, déposa un baiser furtif sur sa joue et se précipita dans le hall, cherchant la chevelure noire de son amie. La diablesse avait donc un agenda très chargé… Mais visiblement, Christo l'avait convaincue. Théa se reprocha de n'avoir pas proposé à son amie de venir lui rendre visite à la villa, et elle se promit de corriger cet oubli. Elle avait envie qu'Elena découvre cette maison, qu'elles déjeunent toutes les deux, en tête à tête, tranquillement... Anna était une excellente cuisinière, et Théa la prierait de concocter le plat favori de son amie, une moussaka d'agneau avec des...

— Bonsoir, Théa.

Elle resta pétrifiée en entendant cette voix s'élever derrière elle. Une voix reconnaissable entre toutes : celle de son père.

— Tu ignores ton pauvre père depuis que tu es mariée, enchaîna-t-il d'un ton de reproche. Viens discuter un peu avec moi.

Le vieil homme affichait une mine autoritaire. Ses petits yeux impitoyables s'arrimaient aux siens. À contrecœur, Théa le suivit dans un coin, derrière le buffet, tout en ignorant la bouffée d'angoisse qui la gagnait.

Elle avait décidé qu'elle n'aurait plus peur de cet homme. Il n'était qu'un triste requin de la finance, sans âme, sans manières. Il ne méritait pas mieux que son mépris.

— Discuter de quoi ? demanda-t-elle en soutenant son regard. Nous n'avons rien à nous dire.

— Tu crois ça ? Ton bâtard de frère serait fâché de t'entendre ainsi jouer son avenir comme à la roulette.

Théa serra les dents.

— Je t'avais donné des instructions très claires, enchaîna son père. Où sont les informations que tu me dois ?

Théa n'avait jamais donné son accord pour se livrer à de l'espionnage industriel dès qu'elle serait mariée avec Christo. Il était pourtant évident que son père en faisait encore une condition, un élément de chantage pour cesser de harceler Alexis.

— Va les chercher toi-même, lâcha-t-elle. Je ne t'appartiens pas. Tu as transféré ce privilège à Christo.

— Que tu tiens par le bout du nez, précisa son père sans se démonter. Il est évident que ton mari ferait n'importe quoi pour combler tes désirs. Alors use de ton charme et abreuve-le de mensonges : tu as ça dans le sang, grâce à ta mère.

Théa fut sur le point de saisir une flûte derrière elle et d'en jeter le contenu au visage de son père, qui osait médire de sa mère. Elle s'en abstint à temps : pas question de lui accorder la satisfaction d'un esclandre.

— Je peux vous briser d'une main, Christo et toi, ajouta son père. Ne va pas t'imaginer que j'aurai des scrupules.

— Tu as vu son dos, papa ? intervint Demetri.

Théa sursauta.

Son ignoble frère désignait son tatouage en faisant la grimace.

— Tu oses parader avec cette monstruosité ? poursuivit-il. Tu n'as pas honte ?

Tandis qu'elle reculait d'un pas, son père en profita pour examiner son dos.

— Comment ton mari peut-il t'autoriser à t'abaisser ainsi en public ? demanda-t-il avec une moue de dégoût.

— Posez-lui directement la question.

Jamais Théa n'avait senti un tel soulagement se répandre dans son cœur. Christo venait de surgir de nulle part. En dépit de son élégance, dans son smoking trois pièces, il avait tout d'un molosse réveillé par des intrus et prêt à leur planter ses crocs dans les mollets.

Il s'avança près d'elle, dans une posture protectrice, et l'invita à se serrer contre lui.

— Quelle soirée, superbe, Christo, lança son père en souriant. Toute à l'honneur de la longue histoire d'Atlas Shipping.

Théa n'était pas dupe de ce numéro de charme, et elle espéra que son mari non plus.

— Étiez-vous en train d'importuner Théa ? demanda-t-il d'un ton menaçant.

Réconfortée, elle glissa doucement le bras sous le sien. Sa peur avait disparu.

— Voyons, elle nous ridiculise tous, vous y compris, en se promenant dans cette tenue, répliqua son père d'un ton agacé, tout en jetant à sa fille un regard réprobateur.

— Je ne vois rien d'autre qu'une très belle jeune femme qui porte le cadeau que je lui ai fait, et qui ne reçoit que des compliments, opposa Christo. Alors si sa robe n'est pas à votre goût, ni à celui de votre fils, je vous suggère de rentrer chez vous.

Comme Demetri affichait un air outré et hostile, Christo lui jeta un regard assassin.

— Vous redoutez peut-être que votre sœur vous éclipse aux yeux du monde, Demetri ? Par sa forte personnalité, et par sa grâce. Il me semble que vous faire oublier serait pourtant dans votre intérêt.

— Un bon conseil Christo, glapit son père. De la part d'un homme d'âge mûr qui sait ce que c'est que d'épouser une jolie jeune femme. Il est facile de se laisser aveugler. Berner. Et de s'apercevoir trop tard que votre femme mène la danse à votre place. Croyez-en mon expérience, je…

— Non, merci. Je préfère écouter les conseils matrimoniaux des gens qui ont réussi leur mariage, l'interrompit Christo.

— Dans ce cas, conclut son père d'un ton pincé, nous allons vous laisser à votre bonheur sans nuages.

En passant près d'elle, il lui adressa un regard mauvais et murmura d'un ton aussi mielleux que faux :

— Souviens-toi de ce que je t'ai dit, toi. Nous n'en

avons pas terminé. Nous irons déjeuner tous les deux. Il y a trop longtemps que je n'ai pas vu ma petite fille chérie...

Théa frémit. Son frère approchait d'elle, probablement dans l'intention d'ajouter son venin à celui de son père, mais Christo posa fermement la main sur son bras.

Elle recula d'un pas, et fut saisie par la rage froide qui animait son mari.

— Ose toucher à un cheveu de Théa, le menaça-t-il. Et tu sauras ce que c'est qu'un séjour prolongé à l'hôpital.

Elle retint son souffle. Profondément vexé, Demetri fulminait, mais il ne dit pas un mot et suivit son père.

Dès qu'ils franchirent le seuil de la villa, Christo tourna vers elle un regard coupable.

— Je n'aurais jamais dû te laisser seule. Et je n'aurais pas cru qu'ils auraient l'indécence de... Sous notre toit ! Pardonne-moi.

— Ce n'est rien, assura-t-elle. Tout va bien, maintenant. Mais... Mon père semble croire qu'il peut te ruiner d'un simple claquement de doigts, Christo. Est-ce que c'est vrai ?

Un éclair passa dans le regard vert émeraude de son mari. Poussant un soupir, il enfonça les mains dans les poches de son pantalon.

— J'aurais dû tout te raconter, maugréa-t-il.

— À quel sujet ?

Il jeta un coup d'œil autour d'eux. Personne ne semblait leur prêter attention : la fête battait son plein, les serveurs distribuaient verrines de risotto et brochettes miniatures, et les gens dégustaient ce festin sans bouder leur plaisir.

— Atlas devait beaucoup d'argent à la banque de ton père, expliqua-t-il. Hector a ignoré les traites. Notre mariage était une condition pour annuler le droit de saisie de Tito sur l'entreprise.

Un courant d'air glacé la transperça. Tito avait la

réputation d'être impitoyable en affaires. Naturellement, il avait abusé de la faiblesse d'Hector Callas… Christo lui avait dit que leur mariage était une contrainte pour lui, tout autant que pour elle. Elle mesurait maintenant à quel point c'était vrai.

— Mais… Comment est-ce arrivé ? demanda-t-elle.

Christo prit une flûte de champagne et en but une gorgée.

— Mon père est incapable de diriger une affaire. Il a été follement amoureux de ma mère. Rien d'autre ne comptait que son couple. Elle l'a quitté pour un danseur de flamenco, mais il n'a jamais cessé de l'aimer. C'en est devenu une obsession. Après son départ, il a tout de même cherché à la remplacer. Il s'est mis à courtiser de nombreuses femmes, et il ne lésinait pas sur les dépenses. Un jour, il s'est entiché d'une femme qui adorait les antiquités. Il s'est mis à lui offrir des pièces rares et exotiques. Mobilier français, masques africains, vases chinois, bijoux romains… Des objets sublimes qui lui coûtaient une fortune. Pendant ce temps, l'entreprise allait mal, et mon père ne s'en occupait pas. C'est ainsi qu'il est allé frapper à la porte de Tito. Et moi, j'ai découvert trop tard l'étendue du désastre.

Théa secouait la tête, incrédule. Non seulement les parents de Christo ne l'avaient jamais protégé, mais ils le contraignaient également à réparer les dégâts causés par leur incroyable irresponsabilité.

— Pour ne rien arranger, reprit-il, il semblerait que certaines antiquités acquises par Hector aient fait l'objet d'un commerce illicite. En clair, il s'agissait d'objets volés. Cette seule erreur suffirait à nous envoyer en prison, lui et moi. Et tout cela, ce drame… pour les beaux yeux de Mlle Carvallo.

Théa sentit son rythme cardiaque s'accélérer. Elle connaissait ce nom.

— Ramona Carvallo ? demanda-t-elle.

Il parut étonné.

— Oui.

— Je crois que je l'ai rencontrée... Oui, elle est venue chez mon père.

Christo lui fit signe d'approcher. Elle se plaqua tout près de lui. Son parfum vint caresser ses narines, et elle perçut la chaleur de son corps.

— Tu vois la femme là-bas ? chuchota-t-il à son oreille. Robe violette ? Tu la reconnais ?

Surmontant son trouble, Théa fouilla la salle des yeux et la repéra.

— Oui. Ramona Carvallo, acquiesça-t-elle. Pourquoi l'as-tu invitée si c'est à cause d'elle que...

— Raul est en mission, révéla-t-il. Il a des agents postés un peu partout dans la villa. Incognito.

— Pour quoi faire ?

— Eh bien, ton père a avancé l'argument de ces fameuses antiquités pour inquiéter Hector. Je me suis toujours demandé comment il avait appris cela, et depuis un certain temps je le soupçonne d'être de mèche avec Ramona. Je les ai tous invités pour voir comment ils allaient se comporter les uns avec les autres. Il est fort possible aussi que Tito ait lui-même acheté des antiquités de provenance douteuse.

Tito aimait les belles choses. Il avait des collections. Et il était capable de tout, pensa-t-elle.

— Mon père est un amateur d'antiquités, confirma-t-elle. Et...

Il fallait qu'elle lui dise tout. Elle ne voulait plus garder ce secret.

— Et il m'a ordonné d'obtenir certaines informations à propos d'Atlas, poursuivit-elle en plongeant son regard dans celui de Christo. La liste des ports d'embarquement et de débarquement de tous tes navires de fret, ainsi que le nom des capitaines.

— Intéressant, répondit-il.

Théa approuva d'un hochement de tête. Elle avait cherché ces renseignements, et les avait trouvés. Il s'agissait de données publiques, accessibles à n'importe qui savait effectuer une recherche un tant soit peu approfondie sur Internet.

— Et tu les lui as donnés ? demanda-t-il.

— Bien sûr que non ! s'exclama-t-elle. Mais ils se servent d'Alexis pour me contraindre à céder. Ils prétendent qu'il leur a volé les cinquante mille euros uniquement pour que je reste à leur disposition.

Visiblement furieux, Christo serra les poings.

— Je suis navré, Théa, murmura-t-il. Ne t'inquiète pas, Raul mène l'enquête et il va le retrouver.

Comme il l'y invitait, elle se blottit contre lui. Fermant les yeux, elle savoura la force de son corps, sa chaleur, les effluves citronnés de son parfum. Elle avait envie de rester ainsi, près de lui, et de ne plus bouger.

Pour une fois, elle se sentait bien, tout semblait naturel et paisible entre eux. Peut-être parce qu'elle venait enfin de réaliser qu'ils étaient sur un pied d'égalité.

Christo n'avait jamais voulu se marier. Il y avait été poussé par la folie de son père. Comme elle. Les termes de leurs situations respectives étaient différents – lui avait subi une pression terrible tandis qu'elle était victime de chantage –, mais le résultat était le même. Hélas ! leur mariage ne les protégeait en rien des attaques de son père. Ce soir, elle en était certaine : il voulait faire main basse sur Atlas Shipping.

11.

Il avait échoué.

Il s'était montré incroyablement présomptueux, et qui en avait payé le prix ? Théa.

Écœuré, il défit son nœud papillon et le jeta rageusement dans un fauteuil de son petit salon, là où gisaient déjà sa veste et son gilet, avant de se verser un cognac. Les notes cuivrées du liquide ambré lui rappelèrent aussitôt les grands yeux de Théa. Bon sang ! jamais il se ne pardonnerait cette erreur.

En la défiant de porter cette robe, il avait voulu montrer à tous ce qu'il avait le privilège de découvrir chaque jour : une femme courageuse, fière, une force de la nature. Du reste, de ce point de vue, il avait mis dans le mille : tous les hommes présents ce soir avaient suivi d'un regard fasciné l'envolée d'oiseaux bleus sur cette peau délicate, drapée d'un rouge insolent.

Mais pourquoi avait-il permis au loup d'entrer dans la bergerie ?

L'éclair de terreur qui avait transfiguré Théa le hantait. Cette expression qu'elle arborait, à l'instant où il l'avait repérée, dans un coin reculé du hall, traquée par les deux butors… Jamais il ne pourrait oublier qu'il était responsable de lui avoir infligé cela, dans la maison où elle devait se sentir en sécurité. La sienne.

Après ce qu'elle lui avait raconté, les brutalités qu'elle avait endurées toute sa vie, n'était-elle pas en droit d'attendre de Christo qu'il la protège ? Et qu'avait-il fait ? Il avait invité ses bourreaux.

De plus en plus énervé, il déboutonna sa chemise et l'envoya promener à l'autre bout de la pièce.

Il avait cru… Oui, il avait sincèrement cru que ni Tito ni Demetri n'oserait s'approcher d'elle. Leur présence et celle de Mlle Carvallo permettaient à Raul de progresser dans son enquête.

Avalant une rasade d'alcool, il songea qu'au moins la réception avait été un succès pour Atlas Shipping. Quant à Théa… Il n'avait aucun droit sur elle, mais chaque fois qu'il la sentait près de lui, chaque fois qu'elle lui souriait ou qu'elle lui donnait le bras, il éprouvait une sorte de bouffée de plaisir indescriptible.

Il était pourtant crucial que leur mariage ne soit jamais consommé, pensa-t-il pour la centième fois. Qu'elle soit libérée de cette union forcée sans le regret d'avoir cédé son corps.

Lentement, il se retourna. On avait gratté à la porte. C'était si subtil, si léger qu'il savait déjà qui allait entrer.

— Je peux ? Je suis venue te remercier, dit-elle tout bas, en pénétrant dans sa suite.

Elle portait toujours sa somptueuse robe rouge. Ses longs cheveux noirs, libérés de son chignon, tombaient en boucles légères sur ses épaules nues. Elle avait l'air d'une déesse.

— Me remercier ? répéta-t-il, incrédule. Je me demande bien de quoi.

L'amertume remonta le long de sa gorge, tandis qu'il admirait sa silhouette élancée.

— De m'avoir soutenue et protégée, répondit-elle, comme s'il s'agissait d'une évidence.

Il ne répondit pas. Elle souriait, et levait vers lui un regard sincère. Sa gratitude n'était pas feinte, réalisa-t-il.

— J'ai manqué de discernement, reconnut-il. Mais ni ton père ni Demetri ne pourront te faire de mal à l'avenir. Tu as ma parole.

— Je sais, dit-elle en venant se poster juste devant lui. Je te fais confiance, Christo.

Il retint son souffle. Elle posait la main sur son bras. Elle se plaquait contre lui. Elle lui faisait clairement comprendre qu'elle avait envie de… De ce qui le consumait lui aussi.

— Tu ne devrais pas, répondit-il d'une voix rauque.

Il voulait résister. Il ne fallait pas lui permettre de…

— Je n'agis qu'en fonction de mes intérêts. Rien d'autre, ajouta-t-il.

Contre toute attente, elle rit doucement et leva la main vers son visage. Lorsqu'elle se mit à caresser ses joues, il sentit le sol trembler sous ses pieds.

— Ce n'est pas bien de mentir, murmura-t-elle.

Le conflit qui se jouait en lui s'intensifia. Théa était unique. Sa personnalité, son intelligence, sa beauté… et son humanité méritaient le meilleur. Elle méritait d'être aimée. Un jour, elle rencontrerait un homme qui lui offrirait ce qu'il était incapable de lui donner : un mariage d'amour. Cette pensée lui déchirait le cœur.

— Bonne nuit, Théa, dit-il d'une voix altérée par l'émotion.

Allait-elle enfin saisir le message ? Il fallait qu'elle s'en aille. Tout de suite. Il ne pouvait plus lutter, c'était trop dur. Son corps exigeait ce que sa raison refusait de prendre.

La jeune femme ne le quittait pas des yeux. Elle se hissa sur la pointe des pieds et enroula les bras autour de son cou. Incapable d'esquisser un mouvement, il resta interdit. Des lèvres, elle effleura sa joue, puis…

À l'instant où leurs bouches se rencontrèrent, il lâcha un grondement rauque et déposa les armes. Elle l'embrassait avec une telle volupté, une telle douceur qu'il lui rendit la magie de ce baiser, savourant le goût de miel de sa bouche pulpeuse et fraîche.

La ferveur de Théa décupla la sienne. Il sentit ses ongles arpenter sa chevelure et griffer sa nuque, tandis qu'elle aspirait ses lèvres avec voracité. Elle se colla étroitement à lui, et il sentit ses seins poindre contre son torse nu. Leur baiser se faisait plus sauvage à chaque instant. Cette femme devenait une vraie panthère.

Sous ses doigts, sa peau était plus satinée encore que la soie de sa robe. Il caressa ses hanches, sa taille et, n'y tenant plus, l'entraîna dans la chambre pour la renverser sur le lit. Avide de ses caresses, elle l'invitait à se montrer plus aventureux, et dès qu'il posa ses doigts fiévreux sur ses seins, elle laissa échapper un gémissement dont l'érotisme le galvanisa.

— Théa, murmura-t-il en l'aidant à ôter sa robe.

Les yeux embués de désir, elle resta le souffle court pendant qu'il contemplait son corps. Ses petits seins ronds se dressaient pour lui, roses et enflés, et il happa leur pointe de sa bouche, lui arrachant un cri.

Sa langue traçait des cercles de feu autour de ses aréoles, ses lèvres agaçaient ses adorables tétons, et il la sentait se cambrer, se tordre de plaisir.

Elle ne portait plus qu'une petite culotte de soie, et lorsqu'il aventura une main entre ses cuisses brûlantes, elle les écarta. Il remonta lentement vers son sexe et, sous l'étoffe, savoura l'humidité de sa chair.

— Oh oui ! souffla-t-elle dès qu'il effleura son clitoris.

Par des mouvements précis, avec une légèreté aérienne, il excita son sexe et le sentit s'ouvrir.

— Encore, encore ! le suppliait-elle.

— Oui, encore, confirma-t-il dans un murmure en introduisant l'index dans sa vulve brûlante.

Il se remit à lécher ses tétons, à embrasser furieusement ses seins, tout en fouillant l'intimité de son sexe trempé.

— Oh ! Christo…

Il comprit et poursuivit sa caresse, sans s'arrêter, guettant son orgasme, ravi de contempler son visage éclairé par un plaisir pur. Son cri d'extase rendit son érection plus douloureuse, et un instant plus tard, comme elle reprenait son souffle, il ôta son pantalon et son caleçon pour les jeter par terre, sur la robe de soie rouge. Puis, lentement, il la débarrassa de sa petite culotte.

L'un face à l'autre, sur le lit, ils étaient nus. Elle était si belle qu'il en avait mal. Timidement, elle se redressa et regarda la force de son sexe dressé pour elle.

— Je viens pour toi, Théa, murmura-t-il.

— Oui, viens…

Dans un élan passionné, il l'embrassa, avant de la pénétrer d'un puissant coup de reins.

La brûlure, exquise, ne dura qu'une fraction de seconde. Théa se crispa – et se détendit aussitôt, accueillant la vague de plaisir qui montait en elle. Les sensations qui la traversaient étaient si fortes qu'elle en avait le vertige. Le corps de Christo, aussi harmonieux que celui d'une statue de dieu de l'Olympe, semblait comprendre le sien. Comme s'il le connaissait depuis toujours…

Le cœur battant à coups frénétiques, elle était en sueur, plaquée contre lui, les cuisses enroulées sur ses reins, ondulant au rythme d'un lent, d'un très lent va-et-vient. Bientôt, il imprima à leur corps-à-corps une cadence plus soutenue, presque tribale. Les yeux fermés, Théa s'abandonnait au plaisir. Le volcan qui s'était allumé en elle changeait son sang en lave. Des ondes de plus en plus lancinantes et rapprochées secouaient sa chair. Elle en voulait encore, encore… Christo plongeait son regard tempétueux dans le sien, et elle se sentait happée au gré du même torrent furieux. Plus rien n'existait que leur union fusionnelle, la perfection de leur étreinte.

Chavirée de joie, elle l'embrassait avec une soif qu'elle ne pourrait pas assouvir. Elle ne se lassait pas de ses caresses, elle voulait le garder en elle pour toujours. Enfin, elle se sentit partir… Partir très loin, dans un paroxysme de plaisir qui culmina dans son cri.

— Christo !

Un moment après, l'esprit embrumé, le cœur battant la chamade, elle reprenait lentement son souffle et écoutait la respiration saccadée de Christo, près d'elle, sur le matelas. Avait-elle rêvé ? Jamais elle n'aurait cru possible d'éprouver un tel séisme dans sa chair, une telle éclipse de ses sens.

Jusqu'à cet instant, elle n'avait connu le plaisir que dans la solitude, et elle…

— Tu aurais dû me le dire.

Le ton de sa voix était doux. Il s'agissait moins d'un reproche que de l'expression d'un regret.

Elle se tourna vers lui et, cherchant à surmonter son embarras, se noya dans l'immensité de son regard vert, semblable à un océan après l'orage.

— Je… Je ne voulais pas que ce soit important, dit-elle à voix basse.

Parce que ça ne l'était pas. Pas une seconde elle n'avait songé à sa virginité en se jetant dans ses bras. Elle savait seulement qu'elle avait follement, éperdument envie de lui. Qu'elle se consumait de désir et qu'elle ne pouvait plus attendre. Ses caresses l'avaient grisée. Le plaisir qu'il lui avait donné lui avait fait tout oublier – et c'était délicieux.

— Bien sûr que si, Théa, opposa-t-il, une note de tristesse dans la voix.

Elle le dévisagea, sentant monter en elle une vague d'infinie tendresse.

— Mais non, lui assura-t-elle. Je t'assure que non. Et puis, c'est du passé, maintenant.

— Cela ne me réconforte pas vraiment, soupira-t-il en se redressant pour s'appuyer contre l'oreiller et rabattre la couverture sur eux.

Elle étendit la main pour caresser son biceps. Il avait des muscles très durs… une peau de bronze d'une douceur insoupçonnable… et elle aimait sentir crisser le fin duvet noir de sa poitrine entre ses doigts.

— Tu m'as dit que tu me faisais confiance, Théa, lui rappela-t-il en la toisant d'un œil inquiet. Est-ce que c'est encore vrai ? Maintenant que je t'ai pris ton innocence et que…

— Chut ! le coupa-t-elle avant de le faire taire d'un baiser furtif.

Elle caressa encore un instant ses lèvres des siennes, puis sourit.

— Au cas où tu n'aurais pas remarqué, je n'ai rien fait ce soir dont je n'ai eu envie.

Il ne paraissait guère convaincu, aussi s'enquit-elle avec angoisse :

— Je t'ai déçu ?

— Bien sûr que non. Au contraire. Mais tu m'as accordé un grand honneur, que je ne mérite pas.

Bon sang ! pourquoi réagissait-il ainsi ? Elle commençait à avoir peur. Peur de n'avoir pas été à la hauteur. Peur qu'il n'ait pas eu autant de plaisir qu'elle. Peur qu'il n'ait pas éprouvé la même magie, la même certitude que…

Chassant la pensée qui lui traversait l'esprit, elle glissa une main derrière sa nuque, l'embrassa voluptueusement, et l'invita à la prendre dans ses bras.

Christo la serra contre lui, et elle laissa échapper un gémissement de plaisir.

— Christo… Encore, encore, murmura-t-elle.

En ouvrant les yeux, Christo s'aperçut qu'il était étroitement enlacé à un corps de sirène. Les premières lueurs de l'aube faisaient filtrer par la fenêtre de la chambre un rayon de soleil si pâle qu'il dessinait tout juste les contours des seins ronds et parfaits de Théa.

Théa…

Il enfouit le visage dans l'oreiller, et surtout dans les longues mèches noires qui sentaient le lait d'amande et les effluves plus acidulés d'une nuit torride.

Quelle nuit, en effet. Ayant eu raison de ses scrupules, Théa l'avait entraîné dans une suite d'étreintes de plus en plus audacieuses. Sa spontanéité, ses élans de joie pure et son sens inné de l'érotisme l'avaient emporté dans un ouragan de plaisir. Et pourtant, au réveil…

La culpabilité se remit à le torturer. Non seulement il lui avait volé sa liberté, mais il lui avait aussi pris sa virginité. Il s'était juré de la protéger contre son père et son frère, et la veille au soir elle s'était encore retrouvée entre leurs griffes – par sa faute. Que représentait-il dans sa vie sinon un autre monstre ? Encore quelqu'un qui abusait de son pouvoir pour l'asservir, pour faire d'elle une monnaie d'échange.

Délicatement, il baissa le drap qui la couvrait et contempla son dos. L'envolée d'oiseaux bleus. Un nœud se forma dans sa gorge tandis qu'il fixait *le sien*. Celui qui symbolisait la résistance de la jeune femme à un nouvel asservissement : son mariage forcé avec Christo Callas.

Elle s'étira, se retourna lentement et, dès qu'elle ouvrit les yeux, le gratifia d'un sourire si franc, si sincère qu'il en eut le cœur serré.

— Bonjour, toi, susurra-t-elle d'un ton provocant.

Il ne put réprimer un sourire amusé.

— Bonjour, toi, répondit-il.

Il hésita un instant, mais demanda très vite :

— Quand vas-tu ajouter un nouvel oiseau ?

Elle écarquilla les yeux.

— Pour quelle raison ?

— Pour… Pour ce que je t'ai fait cette nuit. Je t'ai fait mal.

Elle s'esclaffa :

— Ah non ! ce n'est pas le mot que j'aurais employé !

Le couvant d'un regard adorateur, elle ajouta :

— Tu m'as donné des ailes.

— Non, insista-t-il. Je t'ai marquée, comme au fer, comme si tu m'appartenais. Je t'ai volé ce qui n'était qu'à toi, ta virginité, et que tu aurais dû pouvoir offrir à…

Elle poussa un long soupir.

— Si j'avais rencontré quelqu'un avant, je n'aurais pas hésité, expliqua-t-elle. Ce n'était pas un choix de ma part. Seulement un concours de circonstances. Je ne regrette rien, Christo.

Elle levait vers lui un regard si vibrant de passion qu'il sentit quelque chose se déchirer en lui. Sa sincérité achevait de l'accabler de remords. Il ne la méritait pas.

Dans ses bras, elle s'était abandonnée de façon… absolue. La confiance qu'elle lui accordait le troublait au plus haut point. Au cours de la nuit, chaque fois qu'il avait entendu ses cris de jouissance, il avait fait l'expérience d'un étrange sentiment, d'un inexplicable élan possessif. Théa déclenchait en lui des phénomènes inquiétants. Des réactions qui lui faisaient peur…

Néanmoins, rien ne semblait éteindre le désir qu'il avait d'elle. Pas même sa raison, pas même ses doutes. Il avait envie de cette femme – comme il n'en avait désiré aucune autre avant elle.

Il était si tôt… Il partirait à son bureau dans quelques heures.

Quelques heures, oui. C'était le sursis qu'il pouvait s'accorder. Encore quelques heures de plaisir, à la sentir fondre dans ses bras, à se griser de son parfum, de ses baisers, de ses caresses et de ce corps qui l'envoûtait aussi sûrement qu'un sortilège vaudou. Ensuite…

Il n'avait rien à lui offrir. Il savait ce qui lui resterait à faire.

— Viens, *koukla mou*, murmura-t-il.

12.

— Je pars une semaine… Peut-être un peu plus.

Théa ne répondit pas. Elle regarda Christo disparaître – une fois encore. Près d'un mois s'était écoulé depuis la fameuse réception pour l'anniversaire d'Atlas Shipping et… leur *unique* nuit dans les bras l'un de l'autre. Ils n'avaient plus pris leur petit déjeuner une seule fois ensemble. C'était à peine si elle avait pu le voir ou lui adresser la parole. Christo s'était métamorphosé en courant d'air.

Il rentrait tard. Il lui refusait l'accès à sa chambre. Quand elle proposait de l'accompagner dans ses voyages, il refusait. Il avait allumé en elle une fièvre d'une intensité redoutable… pour lui tourner le dos dès le lendemain.

Théa ne pensait qu'à lui. À leurs baisers, à leurs caresses… à leur complicité. Ses journées auraient été insupportables sans la présence régulière d'Elena à la villa. N'ayant pu se libérer le soir de la réception, où son père fêtait lui-même ses soixante ans, son amie l'avait vite appelée et, depuis, elles se retrouvaient deux ou trois fois par semaine. Théa aurait perdu la tête, sans ces quelques moments de chaleur dans un quotidien tissé d'ennui et de frustration.

Oh ! bien sûr, à force de se torturer les méninges, elle avait fini par comprendre pourquoi elle faisait l'objet de ce rejet. L'étrange question de Christo au sujet d'un nouveau tatouage, ses inquiétudes… Il n'avait pas supporté qu'elle lui donne sa virginité. Il se croyait indigne d'elle. C'était absurde, ridicule ! Mais elle n'y pouvait rien : il s'était persuadé de l'avoir blessée, de lui avoir pris quelque chose de précieux.

Cent fois, elle avait songé à tout raconter à Elena, mais mieux valait qu'elle s'abstienne de faire ce genre de confidence à son amie de toujours. Car Théa n'était pas prête à entendre de la bouche de celle qui la connaissait mieux que personne ce qu'elle commençait elle-même à soupçonner. Un sentiment dangereux s'épanouissait en elle… et allait au-delà du désir sensuel.

Elle avait bien réfléchi, et élaboré un plan. Elle voulait aider Christo à se débarrasser définitivement de l'emprise de son père. Pour cela, il fallait qu'elle trouve une preuve du lien que ce dernier entretenait avec Ramona Carvallo. Mais elle n'avait aucune idée de ce qu'elle était censée chercher… Toutefois elle était certaine d'une chose : si cette preuve existait, elle la trouverait chez son père, dans son bureau.

Elle sortit de la maison et monta en voiture, non sans adresser un sourire innocent à Sergei, qui allait la conduire dans la gueule du loup. Il fallait qu'elle soit forte. Pour Christo. Elle pouvait y arriver. C'était la seule façon de les libérer, l'un et l'autre, des menaces et du chantage incessants de Tito Lambros.

Quand la berline s'arrêta à quelques mètres de la vieille façade familière, elle sentit le pouvoir qu'exerçait encore la grande bâtisse sur elle : elle en avait des frissons. Le cœur battant à coups lourds, elle échangea un regard avec Sergei, descendit et referma la portière.

Il n'avait pas été très difficile de convaincre le garde du corps de l'amener ici. Elle lui avait dit qu'elle devait se rendre chez son père pour discuter avec lui – ce qui, naturellement, n'avait éveillé ni soupçon ni malaise. Il avait été plus compliqué, en revanche, de s'assurer que son père ne serait pas là. Théa avait été obligée de poser directement la question au majordome qui, même s'il avait reçu l'interdiction formelle de sympathiser avec elle, s'était montré heureux de l'aider.

Ce fut lui qui répondit à l'Interphone, lui ouvrit et la fit entrer par la porte de service.

— Venez vite, mademoiselle, murmura le vieux domestique avec un sourire embarrassé.

— Oh ! John… Détendez-vous, dit-elle après l'avoir embrassé sur les joues. Je ne resterai pas longtemps. Il faut juste que je monte dans ma chambre quelques minutes : j'ai oublié le collier de ma mère ici, et j'ai besoin de le récupérer…

— Bien sûr, mademoiselle, acquiesça John.

— C'est Mme Callas, désormais, le corrigea-t-elle.

Le malheureux majordome devint rouge de confusion, et elle se hâta de monter à l'étage, serrant son sac sous son bras. Elle avait pris soin d'y ranger sa médaille de saint Christophe, pour démontrer ses dires en cas de mauvaise rencontre.

Il n'y avait pas de temps à perdre, et elle se dirigea droit vers le bureau de son père. Son cœur battait sur un rythme frénétique, elle sentait l'angoisse fuser dans ses veines, mais elle poussa un petit soupir de soulagement en fermant la porte derrière elle, et en allant s'installer devant l'ordinateur.

Combien de fois s'était-elle introduite ici subrepticement ? Elle n'aurait su le dire. Son père lui interdisait de sortir, la privait de téléphone… Et, dès qu'il avait le dos tourné, elle profitait de la connexion Internet de son bureau pour se connecter à sa messagerie et bavarder avec

Elena. Les mots de passe qu'il choisissait pour verrouiller son ordinateur étaient toujours incroyablement faciles à deviner. Probablement parce qu'il se croyait tout-puissant, et donc à l'abri de tout piratage. Heureusement pour elle, la vanité de cet homme l'affaiblissait ! Ses doigts fébriles cavalèrent sur le clavier. Voyons, la dernière fois, c'était… le nom de son chien ? Accès refusé. La date de naissance de Demetri ? Accès refusé. Théa déglutit lentement. Zut ! Elle n'avait pas la journée devant elle, il fallait qu'elle trouve… vite ! Non sans hésitation, elle pianota Atlas. Nouvel échec. Athéna, le nom de sa dernière maîtresse ? Raté. Celui de son yacht, Sirène ? Encore raté. Théa sentit la sueur lui perler au front.

Il fallait bien se résigner. Elle s'était montrée présomptueuse. Son père avait fini par comprendre qu'il lui fallait un vrai mot de passe. Son entreprise se soldait par un lamentable échec. Effondrée, elle se prit la tête dans les mains. Elle était incapable d'aider Christo. Incapable de libérer son couple du chantage d'un vieil escroc…

En tournoyant dans le fauteuil de direction, elle balaya la pièce d'un regard morne. Puis, elle fronça les sourcils. Il y avait de nouveaux objets, ici. Un bronze qui représentait un dieu hindou. Une carte géographique encadrée, qui paraissait très ancienne. Elle sortit son mobile de son sac et les prit en photo.

Mais oui, bien sûr ! Les collections ! C'était sa planche de salut, songea-t-elle en quittant prestement le bureau pour s'introduire dans la suite de son père et enregistrer un cliché de chaque objet dans l'appareil.

Une recherche informatique par image permettrait certainement d'obtenir des résultats, pensa-t-elle en utilisant le mode rafale de son smartphone. Les idées fusaient dans son cerveau à la vitesse de la lumière, et elle effectuait un inventaire mental des antiquités conservées dans cette maison. Après la chambre, il fallait qu'elle se rende dans la bibliothèque, au salon où trônait un ensemble de style Louis XVI, dans le hall où se trouvaient tous les vases asiatiques et…

Comme elle passait devant la fenêtre, elle recula d'un bond. Se plaquant dos au mur, elle étouffa un cri de terreur.

Là, dans l'allée, juste au-dessous du balcon… Demetri venait de garer sa voiture de sport. L'instant d'après, elle entendit la porte d'entrée claquer.

Christo monta les marches de l'escalier quatre à quatre. Déjà, dans le jet qui le ramenait de sa tournée dans les ports d'Asie du Sud, il exultait et parvenait tout juste à contenir son impatience. Enfin ! Il avait des nouvelles d'Alexis à donner à Théa !

— Bienvenue M. Callas ! s'exclama Anna en le voyant se ruer dans le salon de sa suite.

— Merci. Bonjour, Anna… Savez-vous où est ma femme ?

La gouvernante sourit.

— Oui, elle ne devrait plus tarder. Elle est partie voir son père.

Christo eut l'impression d'avoir reçu un seau d'eau froide au visage. Interdit, il fixa la gouvernante sans comprendre. Enfin, il balbutia :

— Co… Comment ? Vous en êtes absolument certaine ?

— Eh bien… Oui. C'est ce qu'elle m'a dit.

Christo serra les poings.

— Mes clés, ordonna-t-il. Allez chercher les clés de ma voiture la plus rapide… Le coupé noir.

— Mais, monsieur, je ne sais pas où vous les rangez… et je ne saurais pas les distinguer les unes des…

— Oubliez ce que je viens de dire, répliqua-t-il en se

précipitant hors de la suite, et en dévalant l'escalier pour aller chercher les clés dans le tiroir d'une console de l'entrée.

Puis, comme s'il avait le diable à ses trousses, il courut au garage. À peine en eut-il poussé la porte qu'il entendit des bruits de voix, une portière qui claquait.

Sergei traversa le garage en soutenant Théa. Dans sa robe noire, elle paraissait blanche comme un linge.

— Que s'est-il passé ? demanda-t-il, paniqué, tandis qu'une bile noire lui rongeait l'estomac.

Il passa lui-même le bras autour de la taille de sa femme et la sentit si faible, contre lui, qu'il ne put contenir sa peur.

— Qu'est-ce qu'ils t'ont fait ?

Elle tourna les yeux vers lui. Il s'aperçut qu'elle était en état de choc. Elle tremblait de tous ses membres, et ses mains étaient glacées.

— J'ai besoin… une douche, dit-elle d'une voix d'outre-tombe.

Christo congédia Sergei d'un coup d'œil, souleva Théa et la prit dans ses bras. Elle était légère comme une brindille, et il n'eut aucune difficulté à la porter jusque dans la salle de bains de sa suite. Il fit couler le jet de la douche, attendit que l'eau soit bien chaude, et dévêtit la jeune femme. Quand elle fut en sous-vêtements, il la porta dans la cabine et, sans prendre soin d'ôter ses chaussures ni sa veste, la doucha soigneusement, prenant soin de masser ses épaules et son dos à l'aide du jet.

Ensuite, il l'enveloppa dans un peignoir épais et la guida vers le lit pour la coucher. Plus rien d'autre ne comptait que de la voir se remettre. Dans chaque tiraillement de son corps, il sentait le besoin de veiller sur elle.

Toujours.

— Anna, apportez-nous une grande théière, avec une

infusion brûlante, du citron et du miel, ordonna-t-il à l'Interphone.

Un moment plus tard, il posait les mains frêles de Théa sur la tasse bien chaude et la regardait reprendre des couleurs, peu à peu.

— Pourquoi ? demanda-t-il en sondant son regard vide. Qu'est-ce qui t'a pris ? Pourquoi es-tu allée chez ton père ?

Il attendit. Le silence était pesant.

— Je l'ai fait pour toi, murmura-t-elle.

— Pour *moi* ? répéta-t-il, ne sachant s'il devait être davantage scandalisé que furieux.

Avait-elle perdu l'esprit ?

— Jamais je ne t'ai demandé de…

— Je sais, soupira-t-elle. Mais mon père, Demetri… Ils ne te lâcheront pas. Ils veulent te détruire. Il fallait que je trouve un moyen de les arrêter.

Christo ne pouvait en croire ses oreilles. Comment avait-elle pu se mettre en danger pour le protéger ? C'était le monde à l'envers. Mais le moment était mal choisi pour l'accabler de reproches… Des reproches qu'en outre elle ne méritait pas. Elle avait cru bien faire. Elle avait, en réalité, accompli quelque chose que personne d'autre n'avait fait pour lui auparavant : elle s'était préoccupée de son bien-être. Il en était secoué jusqu'au tréfonds de son âme.

— Que s'est-il passé ? demanda-t-il, s'efforçant de surmonter son émotion.

Elle secoua lentement la tête en signe d'impuissance.

— Je comptais trouver une preuve que mon père et Mlle Carvallo sont de mèche dans l'acquisition d'objets volés. En principe, la maison était vide. Mais Demetri est arrivé. Je n'ai pas pu lui échapper.

Sa voix venait de se briser, mais elle enchaîna :

— J'ai prétendu que je venais chercher le collier de

ma mère et quand je le lui ai montré… Il me l'a pris, en prétextant que ma mère aurait tout laissé à mon père par héritage et que ses bijoux lui appartenaient aussi. Il ne s'agit que d'une médaille, sa seule valeur est affective, et…

— Je te la rendrai. C'est promis, Théa. Ne pleure pas, tu vas la récupérer.

Elle acquiesça d'un hochement de tête.

— Saint Christophe est le patron des voyageurs, enchaîna-t-elle, un sanglot dans la voix. Ma mère voulait m'emmener un peu partout voir le monde… Elle n'en a pas eu le temps.

Relevant vers lui un visage ravagé par le chagrin, elle murmura :

— Ne me laisse pas.

Il la serra dans ses bras, déposa une myriade de baisers sur le sommet de ses cheveux et murmura :

— Je suis là. Tu n'es pas seule. Tu as Alexis, Théa. Raul a fini par le localiser. Ton père s'est débrouillé pour lui prendre l'argent que tu lui avais donné, ses papiers, son téléphone… Tout. Alors il a préféré quitter le pays et accepter une mission de sécurité dans une ambassade. Ne t'inquiète plus pour lui. Pour l'instant, il est en sécurité, mais il vaut mieux qu'il attende que tout soit réglé ici pour rentrer.

— C'est vrai ? Tu es certain qu'il est en sécurité ?

— D'après ce que j'ai compris, il est bien tombé, il occupe un poste qui lui plaît. Il était fou d'inquiétude pour toi : pas une seconde il n'a songé à te joindre ici, chez ton mari, parce qu'il était sûr que tu avais fui à moto le jour de nos noces…

Il ne put s'empêcher de rire, et elle partagea son hilarité, tout en se jetant à son cou.

— Oh ! merci Christo ! Merci !

— Tu pourras l'appeler demain.

— C'est un tel soulagement… Savoir qu'il va bien ! Quand je pense que mon père a osé lui voler son téléphone et ses papiers… Je suis contente d'avoir au moins réussi à prendre des photos.

Christo haussa les sourcils.

— Des photos ? De quoi ?

Un sourire sarcastique apparut sur le visage de Théa.

— De ce qu'il aime infiniment plus que moi. Ses antiquités. Ses collections.

Pendant que sa femme faisait une sieste, Christo transmit à Raul le fichier des photos de Théa. L'après-midi touchait à sa fin quand il la rejoignit dans sa chambre. Elle avait meilleure mine. Et le sourire avec lequel elle l'accueillit lui alla droit au cœur.

Il vint s'asseoir à son chevet. L'échancrure de son peignoir révélait la naissance de sa poitrine. Un rayon de soleil crépusculaire faisait jouer des reflets rougeoyants sur ses longues mèches de soie, couleur d'ébène. Elle levait vers lui un regard attentif et complice…

Il y avait des semaines qu'il jouait au chat et à la souris avec elle. Le témoignage de loyauté qu'elle lui avait fait aujourd'hui venait à bout de ses dernières résistances. Il savait qu'il devrait résister. Mais…

— Promets-moi quelque chose, Théa, demanda-t-il en prenant sa main dans la sienne.

— Quoi ?

— Ne cours plus jamais le moindre risque pour moi. Cela n'en vaut pas la peine. Je suis un homme puissant, j'ai une équipe de sécurité à mes ordres… Je suis capable de me défendre.

Elle lui renvoya un regard indéchiffrable. Un regard empli de questions muettes et d'attentes, d'espoirs…

— Alors ne me laisse plus jamais seule, dit-elle très bas.

La force de ses paroles et la douceur de sa voix le bouleversèrent. Il comprit qu'elle avait souffert de son absence. De sa fuite.

Mais il n'eut pas le temps de réfléchir à la réponse qui convenait. Elle l'attira vers elle et l'embrassa. D'un baiser brûlant, à la fois sensuel et impérieux.

Il s'était promis de dîner avec elle sur la terrasse, ce soir. Son lieu favori. Il fallait qu'il se montre franc, qu'il lui avoue, les yeux dans les yeux, qu'il refusait d'abuser davantage de sa liberté. Mais en cet instant… impossible de ne pas céder. Tout son corps se rebellait contre sa raison. Il avait désespérément envie d'elle, de lui faire l'amour.

— Oh ! Théa…

Il bascula sur le lit avec elle et se perdit dans son étreinte.

Anna avait dressé une table très romantique. Bougies, dîner à la française. Ils allaient prendre un repas en tête à tête… pour la première fois depuis longtemps.

Christo lança un sourire complice à Théa, qui portait une petite robe blanche très simple et des sandales à talons hauts.

— Tu as fait mettre les petits plats dans les grands, à ce que je vois ! s'amusa-t-elle, en admirant les couverts en argent.

Nappe damassée, serviettes brodées… Il tenait à ce que ce dîner rende hommage à son courage, à sa beauté – à sa personnalité.

— M. Callas…

Il fronça les sourcils en découvrant le visage grave d'Anna.

— Oui ?

— C'est… C'est votre père. Je suis désolée…

S'il avait pu arrêter le temps aujourd'hui, Christo aurait

choisi l'instant où Théa nue, dans ses bras, lui criait son plaisir. Ou le moment où, sur la terrasse, elle avait passé les bras autour de son cou et plongé son regard dans le sien pour affirmer : « Tu vaux tellement mieux que ce que tu crois. Tu es un homme bon. Un homme fiable. Et, ce qui ne gâche rien, un vrai gentleman. »

Non, il n'était pas un gentleman. En fait, dans cette chambre plongée dans l'obscurité, devant le corps de son père, il était redevenu un petit garçon. Un fils.

Il serra la mâchoire et regarda le visage paisible du défunt. L'infirmière avait dit qu'Hector avait eu « une belle mort », et même s'il ne voyait pas ce que diable voulait dire cette stupide formule, il constatait que son père avait les traits détendus.

— Toutes mes condoléances et mes meilleures pensées, M. Callas, déclara Anna en entrant dans la pièce.

Elle posa une main sur son bras et lui tendit une enveloppe. Comme il levait vers elle un regard interrogatif, elle précisa :

— Il m'a laissé cette note pour vous. Sachez que j'ai été heureuse de veiller sur lui. C'était un homme remarquable.

Après l'avoir remerciée, Christo mit l'enveloppe dans sa poche.

Ce ne fut que lorsqu'il s'installa au volant de sa voiture, garée devant la maison de son père, qu'il l'ouvrit pour lire ces quelques mots :

« Mon garçon,

Le moment reviendra vite de ne plus te préoccuper que des vivants et non d'un mort… »

Suivait une liste de recommandations et d'instructions concernant ses obsèques, les amis à prévenir, les vieux adversaires à oublier. Hector avait prévu de continuer à verser une rente à son ex-femme : assez pour lui permettre de vivre honorablement, mais insuffisante pour couvrir ses goûts de luxe et ceux de son nouveau compagnon. Il disait ensuite sa joie de savoir son fils marié, et son espoir que viendraient au monde des petits-enfants.

Un espoir que Christo ne partageait pas, et un rappel inutile de l'importance démesurée qu'aurait jusqu'à la fin accordée son père à l'amour. À l'amour dans ce qu'il avait de plus égoïste.

Je suis conscient que tu ne verseras guère de larmes sur moi. Et que je n'ai pas été un bon père.

Je me suis montré exigeant avec toi. Exigeant, dur, distant. Il est trop tard pour exprimer chacun de mes regrets, et il est inutile que je revienne sur la somme effarante de mes erreurs. Mais de tous les remords qui assaillent un vieil homme au moment de quitter ce monde, il en est un que je peux adoucir, parce que c'est une fausse idée que tu t'es mise dans la tête. Alors crois-moi si le seul et unique message que je te confie est celui-ci, Christo : ne pense jamais que tu n'as pas été désiré.

Ton père.

Abasourdi, Christo relut plusieurs fois ces dernières lignes. Pas d'explication, juste cette assertion autoritaire… Qu'était-il censé comprendre ? Sa mère ne s'était jamais intéressée à lui. Dès que Christo avait été en âge d'entrer au collège, son père l'avait envoyé en pension, dix mois sur douze. L'été, il se débarrassait de lui en l'expédiant à la campagne, chez des agriculteurs, pour qu'il travaille aux moissons – afin de se « forger le caractère ».

C'était là tout l'amour qu'il avait reçu.

Par conséquent, il n'était pas capable de donner mieux.

13.

Un mariage. Un enterrement. Christo savait ce qui allait suivre. La lecture du testament avait eu lieu chez le notaire ; sa mère avait piqué une crise d'hystérie et prononcé le mot « injustice » ; les parts d'Atlas Shipping lui étaient attribuées comme prévu. La messe était dite : inutile, désormais, de repousser l'inévitable… Le divorce.

Lâche, souffla une voix dans un coin de sa tête. Il ferma un instant les yeux, et sursauta en entendant la voix stridente de la secrétaire blonde de Tito Lambros.

— M. Callas ? Ils sont prêts à vous recevoir. Toutes nos excuses pour ce fâcheux retard.

Le regard à la fois stupide et hautain de cette femme exprimait au contraire une intense satisfaction, mais Christo n'en avait cure, et il lui emboîta pas, empruntant un long couloir pour traverser les luxueux locaux de la banque et pénétrer dans le bureau directorial.

Un somptueux meuble en chêne massif trônait sur le marbre de Carrare de cette immense pièce conçue pour en mettre plein la vue aux visiteurs. Installé dans un fauteuil trop grand pour lui, Tito Lambros le fixait de ses petits yeux méchants, flanqué de Demetri, dont le statut d'éminence grise fit naître un sourire goguenard sur les lèvres de Christo. Quelle mise en scène ! Le père et le fils étaient décidément pathétiques. Il reporta son attention sur le tableau qui occupait presque tout un mur.

— Le Greco ? fit-il tranquillement. *Le Christ chassant les marchands du Temple* ?

— J'ignorais que tu t'intéressais à l'art, répliqua son beau-père.

— Figure-toi que j'ai récemment cultivé un intérêt tout particulier pour les trésors cachés.

Un pli d'irritation barra le front de Tito.

— En effet, ce tableau a disparu pendant plusieurs siècles. Son propriétaire, un grand collectionneur en difficulté, me l'a cédé.

Christo hocha pensivement la tête.

— Un choix curieux pour un banquier, non ?

— Je ne partage pas ton avis. Mais chacun interprète une œuvre à sa guise… Quoi qu'il en soit, je te présente mes sincères condoléances. Navré que ton père nous ait quittés.

— Merci, je suis touché, ironisa Christo en s'asseyant, comme l'y invitait Tito.

Il avait décidé de prendre son temps pour conclure cette affaire.

— Mais puisque cela signifie que désormais Atlas Shipping t'appartient, je t'adresse aussi mes félicitations. Ainsi que mes vœux de succès. Ce serait vraiment dommage pour ma fille, si ton entreprise passait à côté de la réussite.

Indifférent à l'hypocrisie de cet homme, Christo se tourna vers Demetri.

— À propos de Théa, il semblerait que tu lui aies pris quelque chose qui lui appartient. Le collier que sa mère lui a donné. Je veux que tu me le rendes.

— Ce truc en toc sans aucune valeur ? Je l'ai égaré.

— Si c'est vrai, cette étourderie va te coûter cher, menaça Christo.

— Mon fils ne l'a pas perdu, intervint Tito en ouvrant le tiroir de son bureau.

Il en sortit la chaîne et la médaille qu'il tendit à Christo.

— Voilà. L'incident est clos. Mais tu n'es pas venu ici pour un collier. Qu'est-ce que tu veux ?

Christo mit le bijou dans sa poche et fixa le vieillard droit dans les yeux.

— Tu m'as menti. Théa n'a pas accepté ce mariage de son plein gré. Je lui accorde le divorce.

Les joues de Demetri flambèrent de fureur.

— Ce n'est pas ce qui était convenu, protesta-t-il. Tu as une dette vis-à-vis de mon père.

— Non. Atlas Shipping devait de l'argent à la banque de ton père. Moi, je ne lui dois rien d'autre que mon plus souverain mépris.

— Comment oses-tu…

— D'autant plus que la dette d'Atlas est désormais réglée, enchaîna Christo sans se laisser perturber. L'ordre de virement qui met fin à ce sinistre partenariat est passé cette nuit. Vous êtes remboursés, intérêts compris.

Un bref silence suivit cette déclaration. Les deux hommes échangèrent un regard, et Tito reprit la parole :

— Un remboursement anticipé implique une pénalité pour les intérêts non versés qui…

— Non. Il n'y aura pas de pénalité pour Atlas. Et tu auras du mal à rectifier tous les faux pas de ton père, Demetri. Le trafic d'antiquités, par exemple. S'il est rendu public, votre banque est ruinée.

Tito pâlit.

— Tu parles sans aucune preuve de ce que tu avances, l'accusa-t-il. C'est de la diffamation pure et simple.

— J'ai une mauvaise nouvelle pour toi, soupira Christo. Mon père m'a laissé des documents. Il a appris qu'il avait acheté des objets issus de trafics. Et surtout, que tu te servais de nos navires pour ton petit commerce avec Ramona Carvallo. Non seulement elle est prête à témoigner contre toi devant un tribunal, mais elle a déjà remis ses aveux signés à mon avocat. Ainsi que la liste de tes échanges personnels avec l'un des capitaines de nos vaisseaux de fret.

Un long, un très long silence suivit cette tirade. Christo enchaîna :

— Je l'ai licencié. Interpol tient beaucoup à l'interroger.

— Je… Les lettres de ton père et les accusations d'une maîtresse éconduite ne pèseront pas lourd, se défendit Tito. Ce sont les élucubrations d'un mourant, et la vengeance d'une femme aigrie par…

— Ne te donne pas la peine de les traîner dans la boue, l'interrompit Christo. Tu te ridiculiserais. Car tu auras du mal à expliquer comment une bonne centaine des objets listés par Interpol se sont retrouvés chez toi, après avoir été transportés à tes frais par mon capitaine.

Il sortit un dossier de son attaché-case, et jeta une douzaine de photos sur le bureau. Non les photos prises par Théa, mais celles que Tito avait réalisées lui-même, pour l'inventaire personnel de ses collections.

Cette fois, le vieil homme accusa le coup. Il était coincé. Christo sourit.

— Sache que ton système informatique n'est pas très sécurisé. Et qu'il n'est guère prudent de conserver des informations aussi sensibles sur un simple ordinateur de bureau.

Grâce aux informations transmises par Théa, Raul avait pu pirater à distance le disque dur de Tito. Les messages échangés avec Mlle Carvallo au sujet des collections, les descriptifs détaillés de chaque pièce, les tentatives de corruption de plusieurs autres capitaines… Christo avait de quoi envoyer Tito en prison pour plusieurs décennies.

— Tu veux me reparler des pénalités de paiement anticipé ? conclut-il.

Une heure plus tard, il s'installait sur la banquette arrière de sa berline. Son chauffeur se tourna vers lui et demanda :

— Au bureau, M. Callas ?

— Non. D'abord, chez mon avocat.

Il ignora la douleur qui enflammait sa cage thoracique. Il fallait que ce soit fait. Il lui devait bien ça.

L'après-midi touchait à sa fin, et Théa rentrait d'une séance de cinéma avec Elena. À peine eut-elle pénétré dans le hall qu'Anna l'accosta.

— Théa ? M. Callas souhaite vous voir, il est dans la bibliothèque.

— C'est urgent ? Je voulais me changer…

Il faisait très chaud, et elle avait envie d'ôter son jean et sa marinière en coton pour enfiler une combinaison en lin.

— Oui, il a précisé qu'il voulait s'entretenir avec vous dès que possible.

Un pressentiment saisit Théa. Ce n'était pas seulement les mots choisis par Anna, ni le caractère pressant de l'invitation. Depuis la mort d'Hector, Christo avait changé. Alors que leur passion venait de trouver un nouvel élan, soudain, il s'était montré… pensif, lointain.

L'expression qu'elle lut sur son visage quand elle entra dans la bibliothèque lui confirma que ses craintes étaient fondées. Il avait l'air… dévasté.

— Christo, qu'est-ce qui ne va pas ? s'inquiéta-t-elle.

— Assieds-toi, dit-il en lui désignant un fauteuil d'un geste vague.

Ce n'était pas son amant qu'elle retrouvait. Ni son mari. Mais l'homme d'affaires. Nerveuse, elle s'installa et croisa les jambes.

— C'est bientôt l'heure de mon coup de fil à Alexis, lui rappela-t-elle. Tu sais que je ne peux pas manquer le seul créneau horaire où il…

— Il n'y en aura pas pour longtemps, lui assura-t-il en s'installant face à elle et en poussant un dossier dans sa direction. Tu as rempli tes engagements, Théa. Maintenant que mon père est mort, que je suis à la tête d'Atlas… Tu n'as plus aucune obligation envers moi.

Il prit un stylo et le posa sur le dossier.

— Mais de quoi est-ce que tu parles ? demanda-t-elle, interloquée.

Il la fixa de son regard grave. Et triste. Et si lointain… Et elle comprit.

— Tu… Tu n'es pas en train de me dire que…

— Si tu veux bien jeter un coup d'œil aux chiffres, tu verras que le placement que j'ai pu effectuer grâce à toi m'a déjà rapporté beaucoup. Je te rends tes quatre millions, cinq cent mille dollars d'intérêt, et tu es propriétaire d'une maison meublée à Glyfáda.

Dans un état second, Théa prit le dossier, l'ouvrit et parcourut la convention de divorce déjà signée par Christo. Une maison dans le Beverly Hills de Grèce ?

— Christo, s'il te plaît, ne fais pas cela, je…

— J'ai signé. Le divorce est prononcé. Ces papiers ne font qu'entériner un accord financier sur…

— Non ! s'écria-t-elle.

— En complément, j'ai négocié avec ton père la somme qu'il te doit pour solde de tout compte, enchaîna-t-il d'un ton glacial. Dix millions d'euros. C'est loin de compenser ce qu'il t'a fait subir, mais… Tu es une femme riche,

Théa. Riche et libre de consacrer ton argent à ce que bon te semblera. Tu auras le temps de réfléchir à ce que tu souhaites faire de ta vie, et les déménageurs viendront demain matin emmener tes affaires. Anna va te donner les clés de ta maison, et l'agent immobilier va te conduire sur place et te faire visiter le quartier.

Elle ne connaissait pas cet homme. Cet homme qui parlait à une autre qu'elle. Cet homme sans cœur, indifférent, absent. Où était *son* Christo ? Celui qui lui faisait l'amour avec ferveur, avec adoration ? Celui qui la protégeait, qui veillait sur elle quand elle était malade, qui se jetait sous la douche tout habillé pour la réchauffer ?

Il avait disparu.

— Tu n'as pas perdu ton temps, à ce que je vois, lâcha-t-elle sombrement. Quelle efficacité !

— Tu peux garder la bague de fiançailles et l'alliance, dit-il en se levant et en lui tournant le dos pour faire face à la fenêtre.

Théa ignora le courant d'air qui lui glaçait les os. La lame qui lui transperçait le cœur. Et la nausée qui la gagnait.

Elle se leva à son tour, fixa longuement les bijoux qui brillaient à son annulaire et, le cœur lourd, les ôta pour les poser sur la table.

— Tu les donneras à ta prochaine épouse, lâcha-t-elle, écœurée par son attitude.

Elle avait déjà la main sur la poignée de la porte quand il la rappela.

— Théa ?

— Oui ?

Son cœur se remit à battre. L'espoir renaquit en elle.

— Ton père a retiré sa plainte contre Alexis. Ses papiers ont été envoyés en recommandé à l'ambassade. C'est fini. Il est blanchi, et libre. Comme toi.

Elle risquait de se sentir mal. Les larmes lui montaient aux yeux, et elle ne voulait pas lui permettre de la voir pleurer. Elle ne répondit pas.

— Au revoir, Théa.

Ces trois mots pulvérisèrent ce qui lui restait d'espoir. Elle ferma la porte. Ne pas pleurer tout de suite. Bientôt, elle en aurait tout le temps.

Absente, le regard dans le vide, Théa jouait avec une olive qu'elle piquait avec sa fourchette pour la faire tourner dans son assiette. Un autre repas. Une heure qui s'écoulait, dans une longue journée, la quatre-vingt-septième depuis qu'elle avait quitté la villa de Christo, les poches pleines et le cœur en lambeaux.

Mais il aurait été plus juste de compter en minutes. De déclencher le compteur exactement à l'instant où elle avait refermé la porte de la bibliothèque, et où Anna lui avait tendu une enveloppe et des clés.

Lâchant un long soupir, elle avala une gorgée de vin sans en savourer le goût. Elle n'aurait pas vu la différence si on lui avait servi du vinaigre. Aujourd'hui, sa mission consistait à choisir une tenue pour la réception qui se tiendrait à l'ambassade des États-Unis dans trois jours. Ce serait distrayant. C'était ce qu'elle voulait. Sa vie était parfaite, n'est-ce pas ? Mais…

— Tu penses à Alexis. Il te manque tant que ça ?

Face à elle, par-dessus son immense paire de lunettes de soleil, Elena la fixait d'un regard inquiet. Elle avait terminé sa salade depuis un bon moment.

Une semaine auparavant, Alexis était parti pour l'Australie afin de passer quelque temps avec son père. Leurs retrouvailles lui avaient réchauffé le cœur durant plusieurs semaines. Ils avaient rattrapé le temps perdu, échangeant le récit de leurs aventures, de leurs angoisses. Après sa récente expérience, son frère avait décidé de poursuivre une carrière dans la diplomatie. Auparavant, il allait prendre six mois pour voyager à travers le monde et apprendre des langues étrangères. Dans un premier temps, il gagnerait sa vie en effectuant des missions de protection rapprochées très généreusement rémunérées, grâce à la société de Raul. Théa savait bien que ce cadeau venait de Christo.

— Tu n'es pas heureuse, soupira Elena. Je le vois bien.

Heureuse ? Elle avait tout pour l'être. Ses désirs les plus chers prenaient forme. Elle habitait une maison de rêve dans son quartier préféré d'Athènes. Une bonne partie de l'argent qu'elle avait reçu de son père était investie dans une fondation venant en aide aux femmes fuyant les violences conjugales et domestiques. Elle avait créé cette institution et n'y investissait pas seulement sa fortune, mais aussi son temps et son cœur.

Désormais, elle n'était plus seule. Gravitait autour d'elle un cercle de personnes aussi investies qu'elle dans l'humanitaire et le social. Sa vie se remplissait.

— Mais qu'est-ce qui s'est passé, Théa ? s'enquit son amie d'un ton doux.

Comme un sanglot lui étranglait la gorge, elle ferma les yeux et déglutit péniblement. Elle ne voulait pas se rappeler le moment où elle avait découvert cette villa. L'enthousiasme de l'agent immobilier qui la guidait dans les pièces de cette splendeur meublée avec goût par Christo.

Il lui avait tout donné. Tout. L'instant où elle avait serré Alexis dans ses bras, sur le tarmac de l'aéroport… Elle le lui devait aussi.

— Dis-le-moi, insista son amie. Théa, prononce ces mots qui te dévorent, ça te fera du bien.

— Je… Je suis tombée amoureuse, avoua-t-elle tout bas.

— Oh ! Théa… Je le savais, répondit Elena en lui souriant.

Amoureuse. Elle était éperdument amoureuse de Christo. Pourquoi avait-elle retenu ces mots si longtemps ? Elena avait raison. Soudain, Théa se sentit libérée d'un poids terrible.

— J'aime Christo, reprit-elle.

Elena éclata de rire et applaudit.

— Voilà ! Tu vois ? Ce n'était pas si difficile ! Alors qu'est-ce que tu attends, maintenant ?

— Comment ça ?

Elena prit une mine faussement sévère.

— Ton olive et moi-même sommes au courant… Tu ne crois pas qu'il soit urgent d'avertir le principal intéressé ?

Comme si un ressort venait de se déployer sous sa chaise, elle se leva. L'amour. Évidemment, c'était de l'amour qu'elle éprouvait pour lui. Et elle avait perdu un temps fou à fuit la vérité, à nier l'évidence. Et Christo ? Était-il possible qu'il l'aime ? Si elle devait se fier à ses paroles, à son discours odieux, lors de leur ultime entrevue… La réponse était non. Mais son action contredisait ses mots. La liberté, son frère, une vie sans soucis : il lui avait offert ce qu'aucune épouse n'osait rêver de la part d'un mari.

— Oui ! s'exclama-t-elle en faisant le tour de la table pour embrasser Elena avec une brusquerie qui déclencha leur hilarité, à toutes deux.

— Alors vas-y !

— J'y vais. Je pars dire à Christo que je l'aime ! confirma-t-elle, le cœur battant la chamade, en se promettant de ne pas se demander si elle avait perdu la raison.

La réponse était négative. Elle avait retrouvé la raison, pensa-t-elle, après un trajet à moto revigorant. Le portail de la villa était ouvert, et elle releva la visière de son casque pour emplir ses poumons des parfums des bougainvilliers.

Enfin, elle arrêta son engin dans la contre-allée, derrière la cuisine, et ôta son casque pour secouer ses cheveux, au moment où Anna venait vers elle, les bras ouverts.

Les deux femmes s'enlacèrent avec effusion.

— J'espère que je ne vous mets pas en difficulté avec ma visite en catimini, s'enquit anxieusement Théa.

Anna sourit.

— Comme je vous le disais au téléphone, avec vous, ça vaut toujours la peine. Et j'espère que vous pourrez aider M. Callas.

Théa frémit.

— Pourquoi ? Il a des ennuis ?

— Disons qu'il n'est plus lui-même, soupira tristement la gouvernante. Il est animé d'une colère contre lui-même, qui semble ne jamais s'éteindre. Dans votre suite, il a fait ôter tout le mobilier. Mais aussi le papier des murs, les tapis, la moquette du dressing… Tout. Il nous interdit de prononcer votre nom.

La radicalité de cette réaction avait quelque chose d'inquiétant, mais Théa refusa de se laisser décontenancer.

— Tant pis. Je tente ma chance.

L'anxiété monta cependant en elle, comme elle suivait Anna jusque devant la porte du bureau de Christo. Là, les deux femmes s'immobilisèrent et échangèrent un regard entendu. Anna frappa.

— Oui ?

Théa sentit la voix grave de Christo se répandre sur elle comme un baume chaud et bienfaisant.

— Votre café, répondit Anna.

— Entrez.

La gouvernante disparut sur la pointe des pieds, et Théa

pénétra dans la pièce, gagnée par un mélange d'appréhension et de fébrilité.

Il était installé derrière sa table de travail. Sa masse de cheveux noirs lui fendit le cœur. Elle éprouva aussitôt le désir d'y plonger les doigts. Puis, il leva la tête.

Son sang se mit à pulser à ses tempes. Elle avait presque oublié à quel point Christo était séduisant. Ses traits fins et réguliers. Le vert émeraude de son intense regard. Ce nez droit, sculptural, et cette bouche ourlée…

Hélas ! une expression d'horreur se peignit sur ses traits.

— Qu'est-ce que tu fais ici ? tonna-t-il. Anna !

Théa vérifia qu'elle avait bien refermé la porte derrière elle et déclara :

— Non, elle n'y est pour rien… Je sais me montrer très persuasive, quand je veux.

Tel un tigre, il bondit de son siège et fit quelques pas dans sa direction. Sa musculature avantageuse. Sa silhouette svelte, et ses mouvements précis. Le cœur de Théa s'affolait, et un désir d'une puissance indescriptible montait en elle.

— Et pour répondre à ta question, enchaîna-t-elle, je suis venue chercher mes bagues. Tu m'avais proposé de les garder. Maintenant, je veux bien les récupérer.

Il la toisait de toute sa hauteur, et elle réprima un sourire. Christo Callas était très impressionnant. Mais pour elle il était surtout… irrésistible de séduction.

— Tu aurais dû appeler, maugréa-t-il.

— On m'a fait savoir qu'il y avait peu de chances pour que tu acceptes de me parler.

— Il fallait envoyer un message.

— Le moment était opportun pour une visite, opposa-t-elle en haussant négligemment les épaules.

Il alla ouvrir son coffre, sortit les bijoux et les déposa sur son bureau.

— Voilà, déclara-t-il froidement. Tu as ce que tu es venue chercher.

— Pas encore, non.

Elle s'éclaircit la voix, tendit ostensiblement la main et reprit :

— Tu veux bien me les mettre ?

Il fronça les sourcils.

— À quoi est-ce que tu joues ?

— Cela n'a rien d'un jeu. Ne me dis pas que tu as peur de quelques diamants.

Le visage sombre, il prit les bagues et les passa à son annulaire d'une main tremblante.

Théa retint son souffle et savoura le frisson qui l'électrisait. Le contact de sa peau sur la sienne. La présence de son corps si masculin, tout près d'elle.

— Merci, murmura-t-elle d'une voix éraillée. C'est la première fois que tu le fais toi-même. J'avais dû enfiler toute seule ma bague de fiançailles.

— Il n'y avait rien de romantique dans notre arrangement, lui rappela-t-il.

Théa prit son élan. Un peu de courage : elle n'avait pas le droit de flancher.

— Je crois que si, répliqua-t-elle. Et je crois que j'ai découvert ton secret, Christo. Tu es terriblement romantique. Même si tu refuses de te l'avouer.

Un bref silence pesa entre eux, avant qu'il le rompe :

— Tu as ce que tu es venue chercher. Passe une bonne journée.

— Non. Tu ne m'as donné que de l'argent. Je veux davantage. Je suis venue prendre ton cœur. Parce que…

Elle s'agenouilla devant lui et conclut :

— … je t'aime de tout le mien.

Les oreilles de Christo bourdonnaient, et une sorte de vertige l'empêchait de raisonner avec justesse.

— Qu'est-ce que tu fais ? Relève-toi tout de suite.

Elle n'en fit rien.

— Je t'en prie, Christo… Un peu de courage.

— Tu… Tu voulais ta liberté, balbutia-t-il, profondément décontenancé par la sincérité évidente de Théa.

Par son regard de miel qui vibrait d'émotion. Par la tendresse qu'il lisait sur son visage.

— C'est vrai. Et puis, nous avons fait l'amour, et j'ai découvert quelle liberté je voulais. Celle qui n'existe qu'avec toi. Celle qui s'épanouit dans les sentiments que j'ai pour toi. Christo, je ne peux pas être libre sans toi. Épouse-moi.

Le temps venait de s'arrêter. Il s'aperçut qu'il était à genoux devant elle. Ils étaient tous les deux agenouillés, l'un face à l'autre, au milieu de cette pièce, et le ridicule de la situation ne le troublait pas. Oh non ! Car il sentait une source de vie pulser dans son cœur. Une vie nouvelle. Avait-il le droit d'accepter ce qu'elle lui offrait ? En était-il digne ?

— Théa, soupira-t-il, je t'ai tout pris, je t'ai contrainte à devenir ma femme et je…

— Et tu m'as tout rendu au centuple. Tu m'as offert infiniment plus que ce que j'osais espérer. Moi non plus, je ne méritais pas tant de sacrifices de ta part. Tu es un homme bon, Christo, tous les gens qui travaillent pour toi le savent, et tu es le seul à ne pas t'en rendre compte. Je t'en prie, réponds à ma question. Est-ce que tu veux bien m'épouser pour faire de moi la plus heureuse des femmes ?

Comme elle prenait sa main dans la sienne, il caressa la peau fine de son poignet et sentit ses dernières défenses céder. Il en avait assez de s'accabler de reproches et de remords. La mort de son père avait apaisé la relation torturée qu'il avait eue avec lui. Hector avait-il été un bon père ? Non. Mais ce n'était qu'un homme, faible et imparfait. Qui avait tenu à ce que son fils sache qu'au moins lors de sa naissance… il avait été follement heureux d'avoir un fils.

Et en cet instant, Théa lui disait qu'elle l'aimait. Qu'elle voulait redevenir sa femme. Serait-il assez stupide pour gâcher cette chance de bonheur ?

— Moi aussi, ma femme, je t'aime. *I zoi mou, s'agapó.*

Il se battrait chaque jour pour conserver ce sourire sur le visage de Théa, songea-t-il, le cœur inondé d'émotion en la voyant verser des larmes de joie.

— Comment l'as-tu deviné ? demanda-t-il.

— C'était facile. Seul un homme qui aime vraiment sa femme la laisse partir.

— Ma belle, ma courageuse Théa, murmura-t-il en la serrant dans ses bras à l'en écraser, avant de la couvrir de baisers.

Ils riaient, et mêlaient leurs larmes en s'embrassant comme des fous. Il lui prit les mains pour l'aider à se relever et appuya sur le bouton de son Interphone pour ordonner :

— Yanis, faites préparer le yacht.

Il ne l'avait pas lâchée – il ne la lâcherait plus. Une main autour de sa taille, il expliqua :

— Tu peux consacrer des mois à la préparation d'un mariage de princesse si tu veux, mais cela ne m'empêchera pas d'avancer la lune de miel. Et si nous partions dès ce soir ?

— Pourquoi pas tout de suite ? renchérit-elle en le couvant d'un regard amoureux. Moi aussi, j'ai hâte de commencer la lune de miel que nous n'avons jamais eue…

— Si c'est pour toi, je ne peux pas refuser.

— Pour nous, le corrigea-t-elle en effleurant ses lèvres d'une caresse brûlante.

— Oui, pour nous. Pour toujours.

Épilogue

Le voile de coton des rideaux se souleva sous la brise égéenne. À chacun de leurs mouvements, Christo apercevait le bleu d'azur de la mer qui encerclait leur île de sa beauté protectrice. Un tableau à couper le souffle, mais qui pourtant échouait à surpasser celui qu'il avait sous les yeux : la peau diaphane, délicatement hâlée, d'une femme nue, heureuse après l'amour, reposant dans leur lit. *Sa* femme.

Ils étaient venus ici après un pèlerinage à Karpathos, pour se recueillir sur la tombe de la mère de Théa. Christo vouait une profonde admiration à Maria. Serrant la main de Théa dans la sienne, il avait songé au courage de cette femme, et à la force extraordinaire qu'elle avait su transmettre à sa fille, grâce à au combat qu'elle avait mené pour son indépendance.

Ce jour-là, au cimetière, il avait secrètement remercié cette belle-mère qu'il ne connaîtrait jamais d'avoir transmis le feu sacré à sa fille adorée.

Six mois avaient passé depuis leur lune de miel sur cette île, et il savourait chaque seconde de leur séjour ici. La maison était grande mais simple, avec ses murs de chaux et son mobilier typique des cabanes de pêcheur. Théa en était tombée amoureuse tout de suite, et ils se réfugiaient désormais sur leur île déserte dès qu'ils en avaient l'occasion.

C'était ici qu'ils s'étaient remariés, avec Alexis et Elena pour seuls témoins. Pieds nus dans le sable blanc, ils avaient cette fois échangé des vœux d'amoureux transis. Christo sourit en se remémorant cette journée magique.

Théa s'éveillait enfin. Elle s'étira, enroula les bras autour de son cou et se mit à le chatouiller en l'embrassant dans le dos, entre les omoplates.

Christo se défendit en l'attirant contre lui. Il s'exclama :

— Attention, je pourrais te rendre la politesse !

Elle rit avec lui et caressa doucement son épaule.

— Tu as mal ? s'inquiéta-t-elle.

— Atrocement, confirma-t-il d'un ton moqueur, pour la sentir embrasser le tatouage qu'il avait fait faire trois jours plus tôt.

Son oiseau bleu à lui était un symbole de bonheur. Et sa façon d'être le mari de la femme aux oiseaux bleus.

— Que tu as été courageux ! ironisa-t-elle avant de déposer une myriade de baisers sur sa peau. Mon brave, mon valeureux mari…

— Je n'aurai jamais l'air brave, déclara-t-il d'un ton faussement contrit. Ma femme me surpasse en tout.

— Hum ! Ne crois pas cela, tu as certaines qualités qui te rendent unique…

— Mon humour ravageur, d'accord. Mais à part ça ?

Elle tomba sur les genoux en riant, et il savoura ce son cristallin qui le ravissait. Il était particulièrement fier de la faire rire chaque jour.

— Mon chéri, tu cherches juste à recevoir une pluie de compliments.

— Tu vois bien : tu ne me trouves aucune qualité.

Elle bascula sur le matelas, l'entraîna contre elle et, plongeant son regard dans le sien, murmura :

— Les murs de cette chambre ne suffiraient pas pour que j'en dresse la liste, mon amour. Tu es beau, protecteur, généreux, puissant…

— Stop, chuchota-t-il. Mes chevilles me font mal.

— … patient, cultivé, aventureux, plein de ressource…

— Chut ! gronda-t-il.

— Mais… J'aurais dû commencer par l'essentiel. Tu es fabuleusement attirant.

— Ah non ! la coupa-t-il. Sur ce point, tu exagères.

Ils éclatèrent de rire ensemble, et il se pencha sur elle pour l'embrasser avec passion.

— Et moi je suis amoureuse, murmura-t-elle très bas.

Son regard était aussi velouté qu'un grand cognac.

— Moi aussi. Ne l'oublie jamais.

Pressant les lèvres sur les siennes, il conclut :

— Je t'aime.

Il était fermement décidé à en fournir la preuve à sa femme, chaque jour de leur vie.

L'héritier de Roman Bardales, de Kim Lawrence - N°4334

Tout a commencé par une rencontre : il a suffi de quelques secondes pour que Marisa succombe à l'attraction de Roman Bardales. De ce coup de foudre sensoriel suivi d'une aventure passionnelle, un petit garçon est né, sans que jamais Roman soit au courant. Alors forcément, quand près de cinq ans plus tard celui-ci découvre le précieux secret que Marisa lui a tu, il est furieux contre elle – et décidé à revendiquer sa paternité. Bouleversée par ces retrouvailles, Marisa doit faire face à l'homme qui la déteste maintenant, tout en protégeant leur enfant…

Au service d'un play-boy grec, de Pippa Roscoe - N°4335

Vingt-cinq jours, quatre cent trente-trois mails, vingt-huit heures de réunion et deux voyages en avion : Célia a travaillé sans relâche pour satisfaire Loukis Liordis, le client tyrannique pour lequel elle a organisé, en Grèce, un événement supposé casser son image de play-boy et lui offrir une nouvelle réputation. Loin d'être satisfait, hélas, le milliardaire exige bientôt qu'elle joue le rôle de sa fiancée. Une folie à laquelle Célia finit par consentir, par conscience professionnelle, tout en se jurant de ne jamais céder aux avances de Loukis…

Pour une nuit inoubliable, de Jane Porter - N°4336

Ne pas mélanger travail et plaisir : voilà la règle à laquelle Charlotte ne déroge jamais. Ses clients lui font confiance pour régler leurs problèmes d'image ou démêler les embrouillaminis médiatiques, et il n'est donc pas question qu'une aventure scandaleuse vienne entacher sa propre réputation. Pourtant, après avoir résisté des mois à l'attirance qu'elle éprouve pour Brando Ricci, Charlotte finit par succomber au désir entre ses bras au cours d'une nuit inoubliable. Une nuit qui n'est pas sans conséquence…

Le retour d'un époux disparu, de Dani Collins - N°4337

Giovanni est vivant, elle le sait, elle le sent. Depuis la disparition brutale de son mari, Freja refuse de croire à sa mort. Mais, en désespoir de cause, elle se prépare à en épouser un autre… tout en souhaitant que Giovanni interrompe la cérémonie – ce qu'il fait ! Hélas, ce retour aussi espéré que redouté place Freja face à la cruelle réalité. Si Giovanni a déserté du jour au lendemain, est-ce pour fuir leur mariage ? Ou bien dissimule-t-il un secret ? Bouleversée, Freja n'a qu'une certitude : la passion qui les unit est toujours aussi ardente…

Une révélation italienne, de Carol Marinelli - N°4338

Pour Dante Romano, le doute n'est pas permis : Mia Hamilton, la jeune veuve de son père, est une impitoyable croqueuse de diamants. L'attirance qu'il éprouve à son égard le met donc au supplice, jusqu'à ce qu'il l'attire dans son lit et assouvisse son désir. Parce qu'il la découvre innocente, Dante se demande soudain quels secrets la belle peut bien lui dissimuler. Mais bientôt, la révélation de sa grossesse vient tout éclipser…

Revanche à Priddy Castle, de Liz Fielding - N°4339

Au moment où il reconnaît Priddy Castle, Kam sent une émotion intense l'envahir. C'est là qu'autrefois il s'est uni à Agnès Prideaux, juste avant qu'elle le trahisse. Par la faute de la jeune aristocrate, la mère de Kam a tout perdu, son travail de cuisinière et surtout le toit sous lequel ils vivaient tous deux. Aujourd'hui, la rage au cœur, Kam est résolu à se venger d'Agnès, en rachetant son précieux château. Mais, pour parvenir à ses fins, il va lui falloir faire taire les sentiments qu'il sent bientôt renaître pour son premier amour…

Une dette si dangereuse, de Cathy Williams - N°4340

Sur le papier, le plan paraissait parfait à Caitlin : épouser son meilleur ami et régler la dette de sa famille par la même occasion. Seulement, le soir de leurs fiançailles, Caitlin fait une rencontre inattendue et troublante, celle de Dante Cabrera, le frère de son promis. Un homme dangereux qui se méfie aussitôt d'elle. Or, alors que Caitlin voudrait le convaincre de sa probité, voilà qu'elle succombe à son aura irrésistible. Jusqu'à perdre la raison entre ses bras…

Le pacte d'un Sicilien, de Louise Fuller - N°4341

SÉRIE : *LES ÉPOUX DE SICILE* - 2/2

La vengeance est un plat qui se mange froid, et Vicenzu Trapani la tient enfin entre ses mains. Parce que sa famille a jadis été spoliée par l'odieux Cesare Buscetta, il épousera sa fille, pour mieux lui ravir son héritage. Aussi belle que soit Immacolata, elle payera pour les crimes de son père ! Ce plan savamment ourdi révèle pourtant bientôt ses failles : Immacolata chérit sa liberté et, afin de lui prouver qu'il est l'homme idéal, Vicenzu va devoir déployer ses arguments les plus convaincants…

Hassan, le sultan banni, d'Elisa Marshall - N°4342

SÉRIE : *L'HÉRITAGE DES SABLES* - 2/3

Banni du royaume de Zmelâa le jour même de sa naissance, Hassan Knight n'a aujourd'hui qu'une idée en tête : se venger. Mais, alors qu'il gagne le désert pour ravir par la force le titre de sultan dont il a été spolié, Hassan fait la rencontre de Nesrine, servante au palais. Une beauté qui le hait pour sa conduite impétueuse mais qu'il décide de conquérir. Jusqu'à y parvenir au cours d'une nuit sous le signe du désir, et qui les lie à jamais…

Le secret d'un roi, de Rebecca Winters - N°4343

SÉRIE : *PRINCESSES ET MARIÉES* - 3/3

Depuis toujours, Fausta rêve d'une vie simple, opposée à celle qu'elle mène en tant que princesse. Pas question donc d'épouser une tête couronnée ! Le jour où elle croise le regard de Nico Barsotti, elle se prend à rêver d'un avenir auprès du sublime médecin, qui par bonheur partage ses sentiments. Pourtant, tout se complique quand Nico découvre le secret de sa propre naissance. Car, si Fausta est tombée amoureuse d'un docteur, l'aimera-t-elle encore quand il lui révélera qu'il est roi ?

Les tourments du désir, de Sarah Morgan - N°4344

Nik Zervakis est conquis. Lily est si sensuelle, si pétillante… Cependant, il a pris la peine de la prévenir : avec lui, elle ne partagera que du plaisir. Des étreintes brûlantes qui ne déboucheront sur aucune relation. Hors de question que la jeune femme s'amourache de lui ! Pourquoi alors sent-il son cœur se serrer lorsque, au lendemain de leur unique nuit d'ivresse, il s'aperçoit que Lily a disparu ? Hanté par le souvenir de sa peau douce sous ses doigts, Nik prend aussitôt une décision : il retrouvera Lily et lui demandera de l'accompagner au mariage auquel il est invité sur une île grecque. Après tout, tant qu'il se retient de céder de nouveau au désir, il ne brise pas vraiment leur accord…